U0081714

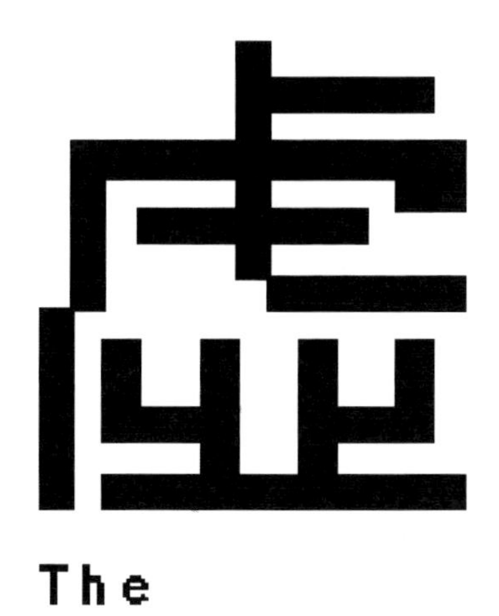

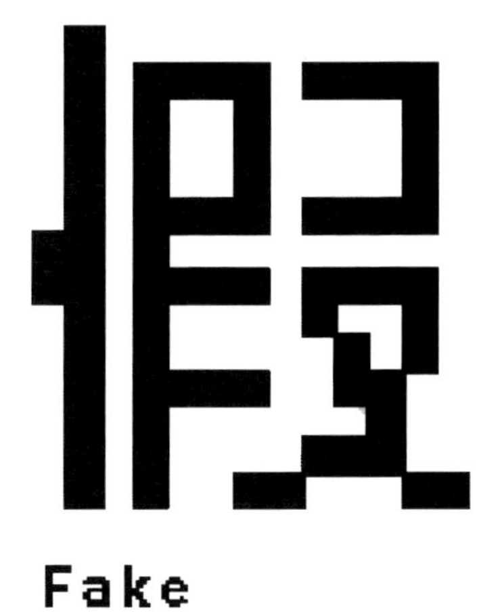

The Fake

Full Moon

游善鈞 著

在我們看不見的地方，戰事持續發生。

目次

游善鈞《虛假滿月》解說

日本名推理評論家／玉田誠

本作是通過二〇一七年第五屆島田莊司推理小說獎第一階段審查的作品。雖然很遺憾未能在第二階段審查脫穎而出，但是就如同作者的前一部作品《神的載體》，這部作品同樣很難用推理或是SF的類別去定義，可說是充滿著作者游善鈞「跳脫常規」魅力的一篇作品。

相較於前作《神的載體》以AI技術高度發展、市民社會的各個角落都受到監視機器人鋪天蓋地控管的反烏托邦元素爲背景設定，描繪出一個難以定位成推理或SF作品的世界觀，本作則是記述一起發生在近未來二〇三二年的事件，在風格上是略有差異的。

本作以維齊洛波奇特利島上所舉辦的遊戲慶典爲故事舞台，但是並不像前作那樣存在著濃厚的反烏托邦世界氛圍。不過，打從炸彈引發的恐怖攻擊開始，故事就逐漸被一片不安的黑影所籠罩，接著某個登場人物也離奇身亡……。只不過，即便讀者隨著這個本格推理風格十足的進展去持續探索，在過程中也會漸漸察覺其中的蹊蹺之處，最後必定會體認到故事中所描繪的世界和你我所在的現實世界，相比之下是有所不同的。

因爲在開頭階段已經明述故事是以二〇三二年的近未來世界爲舞台，讀者想必會認爲作品中的世界就是位處我們所在的「現在、此處」時間軸的延長線之上吧？但是，身處「現在、此處」二〇一八年的各位，能夠想像那些矗立著超高層大樓的奇特街景，眞的會是距今十四年後的未來情景嗎？與其說這樣的景致是十四年後的近未來社會，不如說還比較像是作品中也有引用的《哈利波特》故事裡的奇幻世界吧。

是的，這次的作品不只延續了《神的載體》裡面的近未來舞台，在世界觀的部分其實也完全斬斷了和我們讀者所在的「現在、此處」世界之連結……。也就是說，本作已經會讓人聯想到這可能是在一個平行世界所發生的故事，它的型態與《神的載體》相比也是有所差異的。此外，儘管作品也呈現了密室死亡事件和不可能犯罪等本格推理的要素，但是在其背後所隱藏的事件結構也並非如此單純。

在第五屆島田莊司推理小說獎的作品投稿大綱中，作者表示本作乃是一部「融合本格反戰推理小說」。但是，作者並沒有使用既有的手法來詮釋這個極爲嚴肅且現實的主題，反倒在其中添加了各式各樣凝聚細緻巧思的轉折。使人誤認故事場景是位在二〇三二年的近未來，但實際上的作品舞台樣貌卻和我們身處的「現在、此處」世界有著相當大的差異。相對於犯人純潔的動機，其採取的行動就背道而馳，與現實世界中的我們所看到的駭人恐怖攻擊如出一轍——在這些基礎之上，現實世界與遊戲中的虛擬世界相互重疊，犯人的動機也成爲解開複雜事件謎團的關鍵，這一點也是本作的韻味所在。

相對於藉由通奏低音似的不外顯筆法，譜寫出存在於虛擬世界中的父母與愛女間的情感、並且展現人類與ＡＩ關係新型態的寵物先生作品《虛擬街頭漂流記》，以及將虛擬世界特有的遊戲性導入構築本格推理的小機關、更新二十一世紀本格推理詭計的薛西斯作品《H.A.》，本作採用了和前兩者不同的方向，讓人得以從中充分感受到作者開拓台灣推理創作新境界的才氣。作者游善鈞的下一步，是會繼續擴展本作所萌生的社會派主題思維，還是會稍稍顚覆大家的預測，再次轉變成截然不同的風格呢？我相當期待這位不依循普通常軌作法、可說是獨樹一格的台灣推理作家的新作品問世。

【名家推薦】

過去以「科技」和「遊戲」爲題材的作品，往往聚焦於彼此的交互作用，卻忽略了兩者對「社會」的影響。《虛假滿月》以遊戲界的頒獎典禮爲剖面，那穿插於行文與註釋間虛實交錯的知識與未（僞）知識，在引領讀者進入未來世界的想像之餘，也一步步將其陷入泥淖，於是我們沈浸於高科技所打造的電子世界，卻又驚醒地發現，那不過是繁華夢一場——甚至還可能是個惡夢。

——寵物先生（推理作家／第一屆島田莊司推理獎首獎得主）

1

嚴拓一醒來，便披上睡袍來到窗邊。

赭紅色睡袍將他的肌膚襯得更加白皙。

他拉開窗簾，擦拭乾淨的大片落地窗外是寬闊廣袤看不到邊際的靛藍海洋，在初升日光照耀下水面宛如撒上億萬顆碎鑽般一點一點閃閃發亮。

梅林的鬍子啊[1]！碎鑽？你這是什麼老套的說法——要是被楊可珞聽到的話肯定會如此吐槽。儘管她自己到現在還每過一陣子就會將《哈利波特》系列重新複習一輪。

都幾年前的作品了啊？

思及此，他忍不住擠動嘴角，苦笑了一下。

這裡不是熟悉的T市，而是名爲Huitzilopochtli的島嶼——漂浮在晴朗時能遙望到斯塔萬格（Stavanger）白燭燈塔（White Candle）的北海（North Sea）上，隸屬於英國的這座島嶼，取名卻和大英帝國一點關聯也沒有，而是受到阿茲特克首都特諾奇提特蘭的啓發。如今已不復存在的特諾奇提特蘭據說是座人工島，建於十四世紀初葉，距離即將邁入西元２０３２年的二十一世紀相隔了將近七百年。

Huitzilopochtli，印象裡，中文譯爲「維齊洛波奇特利」，原本代表的是阿茲特克神話裡的戰神，在墨

1 Merlin's beard。《哈利波特》系列中，每逢遇到驚訝之事的慣用語，近似「我的天」。

西哥人入侵後升格為太陽神。

「把戰神視為最高的神祇啊……」

無論在任何時代，戰爭都是改變人文地貌的最關鍵要素。

嚴拓的視線從波光粼粼的海面逐漸往回收，先是筆直的海岸線，接著是踩上去柔軟到好像會陷進去的乳白色沙灘，最後則是猛然從地表突出、地勢高聳陡峭的懸崖。近乎垂直的石壁透出赭紅色光輝，似乎夾雜著稀有礦物。

難以想像眼前這些景物全是被創造出來的——對於嚴拓來說，同樣是在「無中生有」，卻帶來了和虛擬世界截然不同的震撼和感動。

Huitzilopochtli是目前世界上最大的人工島，由亞爾沃達斯集團所出資建造。「亞爾沃達斯」是創辦人的家族姓氏，成立不到十年，已經發展成全球數一數二的龐大企業。該公司以電信業起家，後跨入人工智慧領域，然而讓他們賺進一大筆鈔票躍升為國際知名品牌獨領風騷的眞正原因——

門突然被打開，嚴拓的思緒也因此中斷。

是楊可珞。

是他的秘書。同時也是他的「青梅竹馬」——現在還有人這麼說嗎？

兩人認識到今年剛好滿三十年。生日只差一天的他們上個月剛跨過三十五歲。以目前世界已開發國家人口的平均壽命來計算，人生還剩下五分之三左右。

五分之三啊……注視著這位「老友」，在充滿渡假氛圍的晴朗早晨，嚴拓居然感嘆了起來。

「您還在啊？」楊可珞推了一下眼鏡。那是副沒有度數的平光眼鏡。

剛開始擔任這份職務時，他跟她「溝通」了好幾次，但她就是非使用敬語不可。和眼鏡一樣，對於她來說，這大概是專業的象徵，所謂的「工作模式」，熟悉彼此的嚴拓也就逐漸不執著於這些小細節了。

「剛醒，要一起喝杯咖啡嗎？」嚴拓微笑應道，習慣裸睡的他胸膛幾乎裸露在外。他攏了攏睡袍，潤了潤喉嚨，朝擱擺在床邊圓桌上的銀白色方形物體說了聲：「費莉西雅——」

「熱拿鐵和加一份糖的熱美式。」沒有絲毫空隙，輕柔女聲緊接著答道。彷彿有個人躲在那更小的房間裡觀察房內所有變化。

費莉西雅是嚴拓入住這間飯店期間的智能管家。

不只是這座島嶼，這棟結合頂尖工業設計並採用最新建築工法、客戶體驗榮獲八顆星評價可謂內外兼具的「赫爾瑞玻璃蜂巢」（Hory），或許是當今世界科技運用最爲前端的飯店：每一間房間皆配備智能管家——一晚房價自然所費不貲。「智能管家」顧名思義，會爲房客提供住宿期間一切所需，將「滿足客戶慾望」奉爲最高宗旨。智能管家一推出即大受好評，除了無微不至的照顧外，更重要的是，能在提供任何服務的同時，也保有當事者完整的隱私權。

智能管家會事先將客戶的生理作息、飲食習慣甚至是性癖好等資料詳細加載。這是由客戶本人親自輸入的——確認訂房後，會傳送一組隨機密碼用以登入。基於保密協定以及科技快速發展後不斷修訂增補的科技法，再加上是由世界頂尖科學家們組成的工作團隊，基本上沒有資訊外流的疑慮。

又或者，也可以這麼說，很多事，即使不用明說，對於特定階層而言——尤其是上流社會，是潛規則，存在著許多心照不宣的「默契」。

那些人的玩法儘管嚴拓心知肚明，甚至也經常受到「邀請」，但他就是無法習慣那種情境。他想也許自己骨子裡，還是活在西元２０２０年前的舊世界吧。

「請不要連我的喜好也記住。」覺得對方看得見自己，楊可珞對著桌上的方形物體嘛嘴說道。然而，縱使嘴巴上這麼說，她還是繞過寬敞的雙人床——不，睡四、五個人恐怕都不成問題，從站在明亮落地窗前的嚴拓面前走過，來到桌邊俯身持起咖啡杯，輕輕啜了一口。然後再一口。

「謝謝您喜歡。」費莉西雅說道。

楊可珞皺起鼻頭，瞄了瞄殘留清淺咖啡漬的杯緣。

難不成杯子上有感應器？想著，像貓一般，帶著挑釁與試探意味，她吐出舌尖迅速舔了一下杯緣。

而且，明知道是虛擬的，但對方的聲音聽起來似乎三十多歲，和他們兩人年紀相仿——這也是刻意安排的嗎？能做到這種地步嗎？雖然身為知名遊戲公司老闆的秘書，但說實在的，楊可珞對科技一點都不感興趣。這在科技發展之必然性氛圍格外濃厚的現在，是相當罕見的例外。

從今爾後，人類只會愈來愈和科技靠攏，不說別的，自己的身體裡不就——

「咖啡要冷了。」她擱下自己的熱美式，怕弄擰拉花用雙手捧起寬口咖啡杯，小心翼翼遞到嚴拓面前。拉花是結構繁複的繡球花——大學畢業那年當作送給彼此的畢業禮物，他們兩人曾一起到京都旅行，當時，看過滿園的繡球花。「你是把整本自傳都輸入進去啦？」勾起同樣的回憶，她不禁調侃道。帶著嫉妒瞪向費莉西雅。

「還沒出版社找我出自傳呢！」

「其實有，但我認為還不是時候，所以回絕了。」她聳了一下肩膀。

欸欸，到底誰才是老闆啊？

看著她一副理直氣壯的模樣，他又苦笑了。

垂頭喝了一口咖啡。居然還是熱的——他抬眼瞄向重新持起熱美式啜飲著的楊可珞。

方才她進門前那句「您還在啊」的問句，其實想表達的意思是「幸好你還在」。

縱使外頭有著絕美的景色，他依然沒有看漏她表情的細微變化——在那一瞬間神色從緊張轉變爲鬆了一口氣。才剛放鬆的眉頭，在留意到自己眼神估量的剎那，又連忙誇張皺起像怕被對方察覺到自身想法似的。

究竟是從什麼時候開始，兩人之間的關係演變成關心彼此時偶爾會落入彆扭的處境？

難道她還在介意兩年前發生那起撼動整個人工智慧界的「Eva蛇蛻事件」[2]時，自己沒有陪在我身邊嗎？但那並不是她的錯，那時候她剛好被前公司派到西班牙領取一個重大獎項——被譽爲全球三大遊戲盛會之一的博博汀廣場遊戲博覽會。博博汀廣場（Borbordin）是位於西班牙東南沿海阿里梅里亞（Almería）的新興地標，據說當初是爲了平衡地方發展而特地著重開發的地區。

但最重要的是，當時她還不是自己的秘書。工作室根本還沒成立。因此，她那不必要的內疚，來自於我們之間的多年交情。

不過，現在的她究竟……在擔心什麼呢？

他沒有追問，耐心等待著——他知道她會說。

她就是爲了這個才會一大清早跑來，連頭髮都還來不及梳——他望著穿著剪裁合度女版西裝後腦杓髮

---

2 詳見前作《神的載體》。

絲卻岔出翹起的她。

「外面好像不大平靜，主辦單位建議——我們還是待在飯店裡比較好。」

「是利伯馮騰格瑪和平會？」

「利伯馮騰格瑪」是埃方窩族的神祇，掌管死亡——用這個名字來爲和平會命名，乍看不甚搭調，但某個角度來看也暗示了協會理解問題的傾向和處理問題的方針。

「您也知道？」楊可珞對嚴拓的發言感到意外，不過想當然耳，她旋即又板起臉孔，順著他的目光看過去。

房間另一側，長達三公尺、看起來頗有份量的原木方桌上擺著一個金屬三角架，上頭放了一顆球。乍看之下像是三根袖珍球棒彼此交叉架著一顆棒球——似乎聽到關鍵詞，球體亮起綠色光芒，往半空中投射出螢幕。飄浮在半空中的螢幕解析度相當高。

是今天的頭條新聞。

上頭寫著：利伯馮騰格瑪和平會向企業怪獸亞爾沃達斯宣戰！

「所以我才會建議他們應該管制進出島嶼的人員。」

「但是……」

「但是他們根本沒把我的建議聽進去——說什麼『維齊洛波奇特利島是備受矚目的渡假島嶼，向全世界開放，歡迎所有人蒞臨享樂！』我是在跟他們討論正經事，結果竟然得到這種跟廣告詞沒兩樣的官方說法。」

「他們的抗爭有經過申請吧？」

儘管認爲「抗爭需要申請」本身存在微妙的邏輯衝突，但這就是社會現況，明文寫定的規章。

「當然，要不然早就被武力強行驅離了！」

「那不就好了？」嚴拓微偏著頭說道：「反正他們也就是藉由這種方式，好讓自己提出的訴求能被更多人看到、在意、然後進一步被討論……甚至，幸運的話，產生一點點改變——並沒有想要傷害任何人的意思吧？」

「演變成歷史事件的衝突，很多時候，一開始，都沒有想要傷害任何人。可是，難保爭取的過程中場面不會失控，之前在倫敦就曾經發生過衝突——」

上個月，十月月初，英國上議院議員維爾高莫安・范岡在歌劇院外遭到槍擊肝臟破裂，所幸及時送醫保住一命。

一開始對外的說法，爲被流彈意外擊中；但隨著時間過去，陰謀論論調浮上檯面，出現完全相反的觀點，認爲是維爾高莫安命大才逃過死劫。

主張「陰謀論」的人理由其來有自：第一點，根據某獨立記者追蹤，利伯馮騰格瑪和平會內部近期紛爭頻仍，似乎對於目前領導階層應對國際局勢時過於溫吞的作風感到不快——雖然沒有挑明，但從該篇報導不難推斷出：組織內部分裂出了激進派。

儘管沒有經過進一步證實，然而，之於利伯馮騰格瑪和平會近期的「質變」，各國已經達成某種「共識」。

至於第二點，雖然維爾高莫安是沒有實質權力的世襲議員，在上議院裡算是非通過選舉的極少數派，但最近這幾年，他在各種公開場合絲毫不避諱——不，根本是暢所欲言，大肆宣揚關於自己「挺戰」的侵略式理念，甚至直接挑明利伯馮騰格瑪和平會的理念過於理想空泛，根本淪爲鄉愿。認爲無疑助長這一兩年好不容易稍稍掩熄的恐怖主義氣焰，打壓一直以來試圖捍衛世界正義、維護世界和平的國家聯盟，是最可惡的幫兇。言詞之激烈，彷彿他血液裡還深深聯繫著過往大不列顛帝國榮耀的日不落夢。

「他們不是在會場那邊集結嗎？」

「原本是。」她推了一下眼鏡：「不過，今天早上有另一批人湧過來這邊示威抗議。不曉得是從哪裡得到消息，知道與會相關人員都住在這間飯店——我知道這間飯店是由亞爾沃達斯公司投資，並且是由亞爾沃達斯先生的妻子歐瑞妲親自操刀設計，但基於整座島嶼都屬於他們的產業，我還是懷疑那些人到底是怎麼鎖定這邊的？」

「妳想說……是因爲我？」望著語速逐漸放慢的楊可珞，嚴拓遲疑問道。

楊可珞看向懸浮的虛擬螢幕，伸出手往旁俐落一撥。

畫面向左滑動——嚴拓的臉孔陡然浮現，飄浮在半空中，宛如一張被風吹起的海報。

和另一半充滿肅殺之氣的街頭抗爭不同，頭版另一半版面是嚴拓五官立體輪廓深邃的臉孔。他的頭微側，眼神專注凝視著沒有出現在照片裡的訪問者，若有所思似的食指指尖輕輕抵住紅潤的下嘴唇。角度的緣故吧，讓原本濃密纖長的眼睫毛像撒了亮粉一般。

她一臉「您還算心知肚明」的表情，小巧的臉蛋倒映在所剩不多的黑咖啡上。

「梅林的鬍子啊！哪裡像雷恩・葛斯林（Ryan Thomas Gosling）[3]──他才不會剪這麼矬的髮型！」

楊可珞顯然讀了內文。報導不僅僅以「手遊金童」稱呼嚴拓，更提及有八分之一波蘭和四分之一加拿大血統的他神似年輕時的雷恩・葛斯林──反倒是亞爾沃達斯的部分只約略提了一兩句。

新聞一在網路上露出，立刻引起廣大迴響，他的官方社群網站瀏覽量和點閱率一夜之間成長將近百分之四十。

言下之意，楊可珞認爲是嚴拓把大家的焦點吸引到這邊來──記者往哪裡跑，抗議群眾就會往哪裡聚集。

儘管打從十多年前開始，媒體生態產生巨大改變：facebook、twitter、instagram、微博、NUS、群心……透過這些社群網路服務──人人都可以成爲「傳播媒介」。只是，無論傳播方式再即時、內容再多樣化，登上主流、或者說「經典」的媒體平台，仍然是相當重要、意義非凡的事。

因爲那將可以爲人們的行爲賦予正當性。每個人所做的事，都是爲了獲取大多數人的認同。

「眞的嗎……有這麼奇怪？設計師說這是今年下半年最流行的髮型耶。」嚴拓說著摸了摸剃得極短的頭髮。說實在的，他自己也還沒習慣。登機前一晚，他只跟設計師說最近要出席一個頗爲盛大的典禮，哪裡料到一聽到「典禮」便興奮起來的設計師連忙嚷嚷腦袋裡已經冒出好多想法！

「哪顆星球的流行啊？」

「搞不好現在眞的有外星人正注視著我們──然後想，這男的的髮型還眞不錯！」

---

3 好萊塢男星，著名作品為《手札情緣》、《我的左派老師》和《落日車神》等。

「外星人哩，難怪會說男人普遍都有『小飛俠症候群』[4]。」

「當年死都不肯換智慧型手機的妳果然不相信外星人存在。」

「懶得跟你說這麼多——」脫口而出後，才意識到沒準確切換好角色，像是想把自己剛剛那句輕佻話刷掉般，她仰頭將剩餘的咖啡一飲而盡，定睛瞅著嚴拓耳提面命道：「總之，請您在今晚的開幕典禮前不要離開飯店。」

「妳要走了？不一起吃早餐？」

「去會場確認今晚典禮的流程——也算是替您彩排。」

「不能出去……那我的晨間慢跑怎麼辦？」嚴拓搔了搔鼻頭，一臉無辜接連拋出問題的他簡直和需要老師安撫的小學生沒兩樣。

「飯店五十七樓有設備完善的健身中心。」好一段時間沒出聲的費莉西雅冷不防插嘴說道。

「謝謝妳，費莉西雅。」楊可珞抿出笑容。

「不客氣，Carol。」

4 形容一個人雖然生理已經成年，心理卻不夠成熟。又名彼得潘症候群（Peter Pan syndrome）。

2

嚴拓渾身赤裸站在四方透明的房間裡。

房間不大——準確來說，應該是更衣室。

更衣室其中一面面向飯店外側，視線陡然開闊，沛然陽光從大片窗戶刷進，將嚴拓結實的身體線條照射得益發銳利，肌肉像是獲得充足的氧氣般隨著肢體擺動收縮膨脹、充滿彈性。

往下俯望而去，挾帶孔雀開屏之勢，底下是呈輻射狀向外開展的渡假勝地。可以看到熱氣球中心、摩天輪、海洋樂園和綜合購物商場等人工建築。擁塞其中五顏六色宛如彩色血球的斑點就是遊客吧——從五十七層樓的巍峨高度往下望，除非物件特色鮮明、體積夠大，否則都只能勾勒出大約的輪廓。

專注於眼前景色，嚴拓愈走愈近，幾乎要貼上那面透明的落地窗，無須擔心遭到外頭其他人的窺視——眼前這面窗猶如審問犯人的雙向鏡，不過和從前在玻璃上頭利用眞空塗抹法加上金屬鍍層的作法不大一樣，爲了讓一般人從底下「瞻仰」這棟建築時能接收到光彩輝煌的神聖感從而認同這是件巧奪天工的藝術品，因此採用的是根據光芒折射率準確計算出的獨特切割方式。

這種工法不僅費工，建築成本更是原先預算的數百萬倍——因爲整個「玻璃蜂巢」全是以這種方式建造而成的。

默想著從雜誌上讀來的內容，嚴拓的目光先是落往地面，然後是天花板。

原來不只是四方，連上下都是透明的。

有懼高症的人要怎麼辦呢？

嚴拓不禁想著——還是能進來這邊的人，都不會懼怕高處呢？

他轉身面向另一面牆。在這堵透明牆壁的另一側，也有另一個和自己同樣赤裸的人。被現代技術隔開的兩人即使面對面、即使緊緊貼在上頭，都無法看見彼此。不去思索的時候，甚至根本不會意識到對方的存在。

這時，除了面向外頭的那扇窗外，其他三面透明的牆散發出淡黃色光芒，旋即又暗下恢復初始狀態。消毒結束。

一面牆緩緩推出一個長方形空間，一個透明的抽屜，裡頭躺著的是嚴拓帶來的泳褲、泳帽和泳鏡盒。泳鏡盒裡是兩枚小巧的泳鏡。使用方式和隱形眼鏡一樣——如今游泳已經不用戴蛙鏡了。

「這種髮型用不著泳帽啊——」嚴拓對著其中一面轉變成鏡子的牆，低沉嘀咕道：「這髮型……真的有那麼矬嗎？」

不只是楊可珞，和嚴拓熟識的朋友也始終搞不懂，爲什麼外型條件和家世事業都極爲優異的他女人緣始終不佳。除了研究所學妹、也是他的初戀女友林瀚儀以外，他沒有和其他對象眞正交往過。

別說交往了，連聊得來的女性都屈指可數。

倒是男人緣奇佳——十多年前參加同志遊行、或者力挺婚姻平權走上街頭時，嚴拓沿途被好幾個人搭訕拍照，甚至還上了新聞版面。

在那個相對保守、社會仍充滿歧視的時代，他絲毫不在意其他人的異樣眼光——只要是自己認爲對的事，就應該爭取到底。

這也是爲什麼對於利伯馮騰格瑪和平會在世界各地發起的反戰行動，嚴拓並沒有和大多數既得利益者一樣感到不耐抑或威脅。

嚴拓又重新走近落地窗——從這裡看不到啊……

從這邊看不到抗議民眾，天氣晴朗日子平靜。大概得從另一面，也就是迎賓大道那側才能看到吧。

●

嚴拓一連游了一千公尺。

不會仰式的他以自由式、蝶式和蛙式相互交替。當然他還是自由式游得最好。

他從游池裡拔出身子，摘下泳帽往泳池旁的休息吧檯走去。

走到一半他忍不住回頭瞥了一眼——第三泳道蝶式游得眞好。

「請問需要些什麼?」身穿鐵灰色西裝背心的酒保腳步輕盈迎上前來，臉上掛著燦爛的職業笑容。

忘了把毛巾帶來——嚴拓暗忖著，垂眼一看，身上綴滿豆大水珠，慢了半拍才答道：「一杯Mojito，謝謝。」

「好的，一杯Mojito，請稍待。」

嚴拓正準備在吧檯前的高腳椅上坐下。

「給你——」

才剛轉過身來，伴隨清亮女聲，一條毛巾往嚴拓臉上蓋去。

他抓開毛巾，盯著眼前穿著白色比基尼的女人。女人身材很好——不是一般骨感纖細的那種好，而是窈窕。從緊繃的肌膚和淡淡的小麥膚色能看出打從心底熱衷運動。但真正吸引他、教他怎麼也移不開目光的原因，在於對方身上散發出一股熟悉的氣息。

總覺得在哪裡見過……不過……是哪裡呢？

「坊っちゃん。」

坊っちゃん

聽到這聲音的瞬間，他想起來——泉春川紀子。

「紀、紀子——我沒有認出來……」

坊っちゃん，意思是「少爺」，發想來自於夏目漱石帶有自傳性色彩的小說。這暱稱由來和紀子的媽媽有關。大學畢業那年，他和可珞到京都自助旅遊時，住的就是他們家的旅館。那是間同時利用一樓空間經營和服店的旅館，有上百年的悠久歷史。

紀子的爸爸在她很小的時候就過世了，和媽媽、弟弟與行動不便的祖母四人一起生活。嚴拓雖然沒有女人緣，卻挺有長輩緣的，她媽媽很喜歡他，總一逕「坊っちゃん、坊っちゃん」喊他。知道他和可珞不是情侶關係後，還千方百計想湊合他和紀子。

「我也是剛剛才認出你。我們都不習慣對方只穿泳衣吧？」紀子爽朗一笑，笑的時候會露出小巧虎牙，讓笑容更富感染力。

「我想也可能是因為我們上次見面時，大家都還是二十歲出頭吧！」嚴拓也跟著笑出聲來——這會兒好像終於有點渡假的感覺了。

「壯了一點，不過骨架和身形沒有太大改變。」

不愧從小在和服店長大，那時候紀子也幫著她媽媽爲自己和可珞換穿和服。

紀子上下打量著他，從回憶裡回過神來的嚴拓被她看得有些不好意思。

「先生，您的調酒準備好了。」

嚴拓接過杯子微微頷首答謝。

「早上就喝酒？」紀子挑眉說道，在他旁邊的空位落座。

「早上喝酒才有渡假的感覺。」

「Mojito?這麼老派?」明明一眼就看得出來，她還是伸長了脖子。

嚴拓偏了一下頭，示意「我不否認」。

「還是一樣不擅長反駁啊——我和他一樣。」像是不想被打擾，她瞄了靠過來的酒保一眼匆匆說道。

「妳是來渡假?還是……因爲利伯馮騰格瑪和平會?」

「問起別人的事倒是挺爽快的。」

「所以眞的是——」

「我是國際刑警，又不是鎭暴警察。」調酒很快送上了，紀子接過立刻啜飲一口：「渡假中聊工作未免也太掃興了吧？」

「對不起。」

「欸欸，不要這麼爽快就道歉好不好？」

兩人相視而笑。

往日的熟悉感瞬間全回來了——明明從那次旅行之後就沒再見過面，這些年都只靠一年一次的聖誕節明信片維繫感情。

「你一個人來？」她往四周張望。

「當然不是，可珞和我一起來。」他含住杯緣。

「你們終於交往了啊？」

嚴拓險些沒把酒噴出來。

「不是、我們、我們來工作的。」他縮了一下身子。

「工作？」

「滿月嘉年華。」

「滿月……嘉年華？」紀子咕噥道。

「維齊洛波奇特利遊戲嘉年華——因爲每年都選在十一月的月圓之日舉行，所以又被稱爲『滿月嘉年華』。」

「維齊洛波、波洛……」唸不出全名，紀子索性擺了擺手：「那個滿月嘉年華是做什麼的？你剛剛說——遊戲？什麼遊戲？」

「是這樣的，在三年前，全球原本只有兩大遊戲盛會，一是兩年一次，在紐約帝國大廈舉行的遊戲高峰會。再來是每年都會舉辦的博博汀廣場遊戲博覽會，地點在西班牙。近年則加入維齊洛波奇特利遊戲嘉年華——合稱爲世界三大遊戲盛會。內容主要是表彰過去一年的遊戲產品，從手遊、電腦到電視遊戲機，任何平台的遊戲都在評選範圍內。除了頒獎以外，還會預告明年的重點遊戲以及運用在遊戲裡的嶄新技術。總之種類五花八門。」說起自己的研究領域，面對異性時向來稍嫌木訥的嚴拓頓時滔滔不絕。

「不過……才三年的時間而已，這樣就能和另外兩個並稱？」

「用網球打比方妳就懂了。八年前，還只有四大滿貫，可是現在一提到全滿貫，肯定會把印度斯坦網球公開賽也包括在內，原因是——」

「高額獎金。」

嚴拓彎起眼睛，點了個頭。

斯坦族是印度人口數最多的民族，至於斯坦網球公開賽成爲第五大滿貫的背後主因，和印度的經濟崛起有絕對的關係。除了官方大力支持以宣揚國威、增加國際能見度外，企業金援更是舉足輕重的一環。

「『滿月嘉年華』背後的金主是亞爾沃達斯——他們的資產、影響力以及所掌握的政經關係用不著我多說，妳戴在手指上的那玩意兒就是他們家的產品。」

「有龐大的資金挹注，難怪能縮短立下里程碑的時間。」

「是啊，現在的企業怪獸太多了，也太容易出現我們以往認爲的『經典』——不過相對的，和泡沫經濟一樣，愈快堆起的，也可能愈快崩塌。」嚴拓抿上唇，想著自己今天怎麼會一直提起「經典」——不，恐怕不是今天而已，對於從事藝術或者任何領域創作的人而言，都是會時時放在心上的目標。

提到「泡沫經濟」時，紀子笑了一下——沒有眞正經歷，她只是在資料中一次次認識那段日本時空。

「企業怪獸——這話從我們手遊金童嘴裡說出來好像格外諷刺？」

難保你的公司以後不會成爲另一頭啊——這是紀子未竟的話語。

「也是。」

「又來了。坊っちゃん，拜託，反駁一下好不好？」

兩人又同時笑了出來。

「肚子好餓……啊——」紀子忽然想起什麼：「你空腹喝酒沒關係嗎？」她拍了拍嚴拓的大腿，蹬下高腳椅：「我們去吃點東西吧！」

她果然知道啊——

「快走啊！我快餓死了！」扭頭催促嚴拓的同時，她又笑出了虎牙。

3

皇冠餐廳（Crown）。

既然是皇冠，顧名思義，這間餐廳位於赫爾瑞玻璃蜂巢飯店頂樓。

和其他空間不大一樣，這間餐廳通體以彩色玻璃打造而成，洋溢著哥德教堂風格，從底下仰望，大概像是一座絢爛、宛如珠寶盒的空中樓閣。

另外，儘管早在一九六〇年代，西雅圖世界博覽會地標太空針塔（Space Needle）便出現了遠近馳名的SkyCity，「旋轉餐廳」如今已沒有當初的新鮮感和挑戰性，但對於以「競高」爲目的之一的摩天大樓界而言，其附加價值亦不容小覷。以皇冠餐廳爲例，除非是房客，否則開放給外來賓客的訂位已經預約到五年後。

兩名身穿黑色燕尾服的服務生引領嚴拓和紀子來到窗邊，爲兩人拉開座椅。

並非刻板印象中商業人士常見的襯衫和西裝褲搭配，粗濃眉毛還帶著點水氣的嚴拓換上的是T恤和牛仔褲，一副休閒裝扮。至於與之對坐的泉春川紀子，則穿著米色開襟襯衫和斜條紋七分窄管褲，領口還掛了副淺棕色太陽眼鏡，看起來悠哉從容。搽了桃紅色口紅的嘴唇更是讓整張臉都亮了起來，在中性氣質中勾出了女人韻味。

嚴拓一直覺得她長得很像誰——原來是竹內結子啊。

留了及肩長髮的她益發相像了。

記得那齣日劇好像是……《草莓之夜》[5]，竹內結子演的角色也是警察——都已經是十多年前的電視劇了。自己到底有多久沒看戲劇了啊？

「你在看什麼？」兩人點完餐，服務生離開，一和他對上眼紀子便問道。

「沒、沒什麼——對了，阿姨她……接受了嗎？」

「你非得要掃興就是了？」紀子皺起眉頭，但還是答覆了他：「不接受也沒辦法。」

紀子的媽媽非常反對她當警察——而且還是國際刑警，一年到頭別說京都，可能連待在日本的日子都屈指可數。

「阿姨她寫過幾封信給我……」

5　2010年播映的日本推理劇，風格獵奇，由竹內結子和西島秀俊主演。

「我知道。不，應該說，我有猜到。」

「她希望我勸妳打消當警察的念頭。」

「她爲什麼會認爲我會聽你的話？」

「我也不知道。」

「話說回來，你看得懂日文？還是可珞幫你翻譯的？」

明知故問——但嚴拓並沒有想到這一點，他有問必答如實應道：「妳忘啦？翻譯軟體愈來愈進步了。」

「也對，進步眞多。」紀子輕聲說著，先是瞄了一眼嚴拓手指上的戒指，接著目光垂回自己同樣套在指上那枚作工精細的金屬環。

戴在他們雙方中指上的，是俗稱「所羅門王之戒」的智能指戒。

「您好，這是兩位點的金箔水果沙拉佐撒巴醬汁和海鮮珠寶盒溫沙拉。」話題正巧告一段落。服務生將餐點擱在兩人面前。

上菜空檔，嚴拓不經意瞥向餐廳中央作爲軸心的圓形舞台，此刻空蕩無人。只見舞台右側，擺著一架純黑色的平台式三角鋼琴，琴鍵蓋被掀了開來，似乎暗示誰都可以上前小試身手彈奏一曲。旁邊立著一隻鑲著金邊的麥克風——晚上會請知名歌手駐唱吧，就像拉斯維加斯那樣。

「我開動了。」紀子合掌輕聲說道，接著抓起叉子叉起一塊準確切成正方體的哈密瓜。尖端刺入哈密瓜的瞬間，滲出更加翠綠的汁液，空氣中彷彿增添了幾分清涼香甜的氣味。

嚴拓這才感覺自己眞的也餓了。

泛出淡淡笑容，他又起一隻肥厚的蝦子放進嘴裡，一面細細咀嚼，一面往窗外看去。

人在高處時，總忍不住一再往外頭看。

赫爾瑞玻璃蜂巢，共計有四百九十五樓，高達兩千米，截至目前爲止是世界最高的摩天大樓。

之所以選定四九五，嚴拓有自己的解讀——495是三位數中唯一的「黑洞數」。[6]

黑洞數，又稱卡布列克常數（Kaprekar's constant）。直接舉例說明，例如隨機選擇一組數字123，三個位置上的數字分別從小到大和從大到小各排一次後，可以得到123和321兩組數字，兩者相減，得出198。按照上面的步驟再做一次，981-189得到783；再做一次，873-378得到495。無論選到哪一組數字——舉例的123也好，456也罷，反覆經過這個步驟，最終都會得到495這組數字。包括它自己本身。

不斷吞噬，又不斷循環，深不見底如黑洞般的數字。

建築師本身也是創作者，創作者往往鍾情於所謂的神祕數字。

好比他就認識一名編劇，因爲自己的生日是十月二十四號而興奮不已——1024，2的十次方。

關於赫爾瑞玻璃蜂巢飯店還有另一篇趣聞：由於外觀通體晶瑩透亮，在當地人口中暱稱爲「水晶塔」——至於時下喜歡賦予新聞「故事性」的媒體，則聯結其矗立高聳直入天際的形象，喜歡以「水晶巴別塔」代稱之。

品味菜餚的同時，眺望著外頭的景色，忽然間，嚴拓覺得有哪裡不大對勁——

啊——照理說，身處這種高度，應該是看不到那些人，甚至連建築物都分辨不出。但從這裡看到的

---

6 亦稱為卡布列克常數（Kaprekar's constant）。

「畫面」，和在泳池更衣間、或者在房間看出去的景象幾乎別無二致。

還運用了凸透鏡的原理吧？

不過，還是覺得不大對勁——

是哪裡不對勁呢……身子不自覺靠向玻璃，思索了好一會兒，他還是想不出個所以然來。

「你想看什麼？」

「想看什麼啊……」

對啊，一直在意外頭，自己到底想看什麼呢？

被這麼一問，嚴拓突然也感到困惑。

「大概是……利伯馮騰格瑪和平會。」嚴拓舔了舔嘴唇——果然還是要被質問，才會進一步思考，然後，承認。感慨著，他深吸一口氣後接續說道：「一個人看新聞時，還沒有什麼特別的想法，但早上聽到可珞提起……忽然有些——該說是好奇嗎？應該是好奇吧。」

「你一定很幸福。」

紀子冒出一句看似風馬牛不相及的話。

「從事這份工作幾年下來，再荒唐再離奇再……你們怎麼形容來著？對——再狗屁倒灶的事都碰過。」

「雖然台灣和中國情勢一度緊張，但近幾年穩定不少——這部分得歸功於兩岸執政者開明的思想……因此……我想和其他戰爭頻傳的地方比較起來，例如看似永無寧日的中東，又或者中國南海、新加坡和馬來西亞從六年前新能源大戰後屢次爆發的武力衝突，對，我想我能說自己確實是幸福的。」沒有僥倖的意味，嚴拓坦率說道，眼神眞摯。

擁有豐沛油源的中東在新能源開發後一度迎來戰事消停的和平曙光，各強國——尤其是美國和俄羅斯，也不再利用宗教藉口和政治手段造成該地區內部矛盾，諸多衝突看似即將消弭。然而，不幸的是，在沙烏地阿拉伯和阿曼交界處，居然發現含量極爲豐富的新能源。

也不知道是幸或者不幸，在中國、日本甚至韓國等亞洲國家陸續成功開採被稱爲最乾淨的能源、又名「可燃冰」的甲烷水合物（Methane clathrate）後，眼看頓失籌碼、陷入困局的中東找到了突破點：煤層氣（Coalbed Gas）。

煤層氣和可燃冰，皆爲眾所矚目的新興能源，兩者也有許多共通處，例如穩定性高以及和其他能源相較之下較爲乾淨環保。

自古以來，人們在有限的土地上追求無盡的能源——儘管這回爭奪的能源不同，不再是石油和天然氣，然而相同的地方在於：死亡再度吹起宏亮的號角聲。

而伴隨新能源的開採，競爭範圍不斷向外擴張，全球各處每天都開啓新的戰場。

或明或暗，或商業角力或軍事火鬥。

特別是擁有核武技術的國家之間的周旋談判，經常讓整個世界處在高度緊張、一觸即發的危懼情勢。

此外，以方才提及的沙烏地阿拉伯和阿曼爲例，伊朗近年出現肯沃雅教派，據說是從溫葉方敦教派分裂出來的支派；然而，除了形而上的精神因素，背後自然還有更爲錯綜複雜的政商操作——美國準備抽手退出中東地區之際，中國趁虛而入，轉眼間便區域結盟佔據了一部分「市場」。

「你眞的了解那些地方的戰爭？」紀子的問題尖銳，卻沒有惡意。

「不能說了解。尤其是，我永遠無法理解戰爭。」儘管看不到那些人，嚴拓依然垂眼往底下凝望：「那些人之所以這麼拼命，就是爲了讓不知道戰爭的人知道什麼是戰爭吧？他們一定認爲，不是反戰的一份子，就是挺戰的共犯。不是有句俗諺這麼說嗎？『無知人是先知者的劊子手』。」

「說得輕鬆——你認爲，台灣能永遠置身事外嗎？」

台灣海域，甲烷水合物的蘊藏量相當豐富，絲毫不遜於周遭國家——號稱二十一世界最重要能源的「甲烷水合物」，正是中國和東南亞各國劍拔弩張的原因。

這也是爲什麼近年來，美國對台灣從不聞不問的態度，轉變爲時而試探保留，時而給予諸如關稅優惠等蠅頭小利攏絡的曖昧策略。

台灣在國際上之所以再度受到各國矚目，除了地利資源外，還要說到天時。

沒錯——所謂「新能源競爭」中的「新能源」一詞，有兩種定義：一種是指「新發現」的能源；至於另一種，則不是前者單純字面上的意思，而是意味著科技終於迎頭趕上，發展出能以符合經濟效益應用該能源的技術。

嚴拓沒有回應紀子的問題。

兩人都心知肚明，對於未來——雖然沒那麼近卻可預見的未來，兩人都有些悲觀。

「你知道要讓更多人加入反戰的行列，最有效的方式是什麼嗎？」

「催眠？」

「不是——你不會眞的相信催眠吧？」嚴拓本來想說玩笑話讓場面和緩些，沒想到紀子的表情卻十分嚴肅。

「也不是相不相信的問題，沒眞正接觸過——所以，要怎麼讓更多人加入反戰行列？」嚴拓拉回話題追問道，這才是他眞正關切的問題。

「讓他們的國家也被戰火吞噬。」

那樣的未來，嚴拓不想看見。

「吃飯時聊這個會不會消化不良？」他擠出苦笑。

「不會吧？這樣就消化不良的話，還怎麼活啊！」

說的也是。

紀子的自我揶揄讓嚴拓心底的陰霾暫且驅散開來。

「不過……看不到呢——」紀子也學著嚴拓看往窗外，嘀咕道。

這會兒，服務生送上點綴了鮮奶油的松露濃湯和龍蝦松茸清湯。

「老實說，我試了好幾次。」嚴拓握住湯匙。

「書上不是說過嗎？一個國家，其組成的必要要素之一，是人民，不過……我有時候會想，那些掌握權力的大人物，是不是也是這樣俯視著我們所有人呢？」瞇細雙眼目光變得迷濛的紀子緩緩打直腰桿，一字一字清晰說道，忽地扭頭定定注視著嚴拓：「從這麼高的地方看過來，在那些人眼裡，我們眞的還像人嗎？」

嚴拓玩味著紀子的話語。

「話說回來——我們現在就俯視著眾人呢！」接續自己的發言，紀子逕自說道，似乎覺得自己說了什麼害臊的話，匆匆抓了抓髮尾，又不曉得該拿髮尾怎麼辦似的，索性往後一撥。

「我們不會永遠待在塔裡，到了那個時候，我們會到下面去，走出去成爲他們當中的一份子。」

「Check out的時候嗎？」紀子眨動著一雙慧黠大眼，咧嘴一笑。

這麼一笑，氣氛頓時輕鬆不少，讓這頓繞著全球情勢打轉的午餐稍稍熱絡起來。

「不用等到那時候，今天晚上我——」

「你——今天晚上你怎麼了？」見嚴拓突然愣住，紀子傾身向前，連忙追問道。

「*Do or Die*。」

「我該接It's a question嗎？」

「我是說這首歌。」

「歌？」因爲原本就有背景音樂陪襯，經嚴拓一提，紀子才意識到是鋼琴聲。

兩人同時轉向舞台。一名女子正在演奏，遠遠望過去，她的身體隨著旋律小幅度彈躍宛如在石子地上輕盈跳動的鳥兒，十指在琴鍵上迅速爬動，流暢到音樂彷彿是從她體內直接流洩而出一般。

「我很喜歡這首歌，很老了，還記得的人應該很少。」

「沒聽過——我對這種類型的歌不熟，好像有點爵士？我沒有那麼迷爵士樂。不過看你連用三個『很』，一定非常感慨吧？」她說著喝了一大口濃湯。

不愧是警察，處處留心細節。

「因爲眞的很難得聽到——啊，第四個。」嚴拓靦腆一笑，習慣性用食指指尖戳了戳下嘴唇。

就在他們交談時，琴音歇止，樂曲暫告一段落。

剛開始，四周掌聲此起彼落，不一會兒，連綿成一整圈帶有回音的喝采，甚至還有人喊出不合時宜的

bravo 和 encore。

嚴拓罕見地皺起眉頭，他不喜歡強迫別人——無論對方是否「樂意」接受這種強迫。他厭惡的是強迫者所發動帶有侵略意味的舉止，無關乎被強迫者的意願——對他而言，這是次序問題。

女子撫住鋼琴站起身來，有著一頭黑色俏麗短髮的她，嘴角帶著有意無意、極為輕淺的微笑，向大家輕輕點了個頭，算是致意。

「謝謝大家。」即使在場仍是歐美人士占多數，她依然用中文說道——不過無所謂，語言在這年頭已經不會造成隔閡，智能指戒的翻譯迅速且準確，可以將接收到的語言即時翻譯，根據各個使用者自身設定的母語顯示於手背上的虛擬螢幕。若是搭配智能耳飾等配件，還可以直接轉換成語音。雖然此一技術是這一兩年才成熟完備，成本頗高，價格自然一點都不親民，但考慮到效率，也就是所謂的時間成本，大型國際會議已經普遍使用。

聯想到這座建築的別稱——水晶巴別塔，忽然不曉得該感到諷刺還是時代必然的演進。命名的巧合有時也令人感到耐人尋味——戴著所羅門王之戒坐在巴別塔裡的人們：究竟能不能聽懂彼此的話？

造成語言歧異的巴別塔裡，是不把語言差異當作隔閡的人群。

掌聲再度響起，比先前還更熱烈，似乎非要她再彈奏一曲不可。

女子倒也大方，環視一圈後，悠然坐回位子。正當眾人以為她要按下第一個音時，她忽然往嚴拓這邊看來，猛地又站起身，快步走到一旁麥克風前。察覺到氣息變化，麥克風自動開啓：「很感謝大家。獻醜了，謝謝各位的鼓勵，你們眞好……謝謝。謝謝……再演奏一曲？你們不介意的話，當然沒問題……只是，如果可以的話，我想冒昧請嚴拓嚴先生上舞台，和我一起表演接下來這首歌。」

一時間，所有人都看向嚴拓——當然也包括睜圓了眼睛、不曉得現在究竟發生什麼事的紀子。

當然，其中最訝異的，莫過於突然被點到名的嚴拓本人。

「你們認識？」紀子不由得壓低聲音問道。

還沒反應過來，嚴拓動作遲緩擺了擺頭。

女子的目光遠遠投射而來，眼角受到嘴角扯動略微下垂，看起來無辜的臉龐好像隨時會掉下眼淚。再這樣下去，尷尬的人就不是自己而是她了——念頭乍生，嚴拓已經從座位上起身，直直往舞台走去。

「大家好，我是嚴拓。」在麥克風前站定後，他向底下眾人自我介紹。

好奇怪，一站上舞台，這些人的臉孔全變得模模糊糊的。

伴隨鼓掌，其間夾雜了竊竊私語的討論聲。

大家認得他——不全然是因爲今早那篇充滿娛樂性的報導的緣故，而是因爲這裡幾乎都是業界相關人士。

而在這個領域中，至少過去一年，嚴拓取得了不容忽視的成就。

能獲獎、甚至受邀來這座島嶼，就是不言可喻的最佳證明。

上流社會裡，現在用手機的人少了，眾人紛紛翻過手用智能指戒對準嚴拓——在直播嗎？

正當他還在想些無關緊要的瑣事，琴音驟然敲擊他的耳膜。

是這首歌——感到詫異的嚴拓顧不得眾人眼神，大幅度轉過身子，直勾勾盯著女子。

就這樣，他錯過了理應進歌的地方。

女子乍然停止彈奏。

對他綻開笑容後，彷彿倒帶重播，女子將頭擺正，深呼吸一口氣，待全身肌肉放鬆，又從第一個音開始彈奏。

「If I didn’t care more than words can say If I didn’t care would I feel this way?」這一回，嚴拓自然而然唱了出來。

和說話時略顯稚嫩的聲音不同，歌唱時的他音質低沉醇厚，富有磁性宛如能將所有金屬物件諸如碗盤刀叉甚至燭臺燈座統統吸引過來。

唱著唱著，女子的聲音和了進來，她的歌聲清澈彷若地底清冽伏流。

嚴拓心中忽地升起一股飄飄然、不大真切的恍惚感。

除了突然被點名拱上台以外，更重要的原因，還是這首歌——

If I Didn’t Care，電影*Miss Pettigrew Lives for a Day*[7]中的歌曲。

有趣的是，眼下角色立場對調——故事裡，是女角被男角逼著，硬是在舞台上唱完這首歌。

「Would all this be true if I didn’t care for you?」

唱完最後一句歌詞。

最後一個琴音逐漸微弱，彷彿能在空氣中看見聲音消散的模樣。

---

7 2008年上映的電影。故事時空背景為1939年，第二次世界大戰隨時可能爆發的倫敦。

眾人鼓掌。

根據禮儀，嚴拓牽起彈奏者的手向台下聽眾致意。

離開舞台後，一切瞬間恢復如常。

嚴拓喜歡這樣的運作模式——受到歐美作風影響，大多數人不會在工作場合以外的地方隨意向對方搭訕。把日常生活和應酬交際分開才是有益身心健康的社交習慣。

嚴拓帶女子來到桌邊，服務生原本想幫他們換到另一張四人桌，但女子說沒關係，在外側補一張椅子就好。嚴拓問她想吃什麼？她說不餓。問她想喝什麼？「什麼都好。」她說。嚴拓為她點了一壺烏巴奶茶。

女子神似剛出道時的孫燕姿[8]，散發出來的氣質讓人難以捉摸，不笑時板著一張臉感覺有些嚴肅，目測約莫三十歲出頭；然而一旦笑了，好像五官瞬間全亮了起來變得益發立體，有著大學生般的青春活力。能夠吸引人的人好像都具有矛盾的特質。

「請問您是？」

「這樣介紹自己好像有點厚臉皮……」女子呢喃著，似乎有些困擾，過了好一陣，才好不容易說服自己般停止摳弄雙手虎口，抬起雙眼看著嚴拓說道：「我是『Home Wrecker』的原創作者，李璇。」

「Home Wrecker——我很喜歡那款遊戲！」嚴拓眼神發亮，像孩子一樣，接著發現自己太興奮，趕緊收斂音量：「記得沒錯的話……您是繪本作家吧？我記得好像在哪裡看過妳的照片……」

8 2000年出道，以〈天黑黑〉一曲成名。

「我不大上相。」

「我、我不是那個意思——」

「你會不會說話啊?您好，我是泉春川紀子。」紀子佯裝不悅瞪了他一眼。

「我、我的意思是，照片和本人給人的感覺很不一樣。」嚴拓還是把方才未說完的話補完。

「照片啊……是這次大會的手冊吧?我不喜歡放照片，連繪本也沒放過，但他們說這次是非常重要的活動，所以……就這樣了。」烏巴奶茶很快就送上了，她持起倒了半滿的骨瓷杯，重啓話題：「你們叫我小璇就好了……剛剛實在太冒昧了，突然請嚴先生上台……我一眼就認出了嚴先生……因爲我非常、非常、非常、非常喜歡嚴先生製作的那款遊戲——『小小小雪人』（*Little Little Little Snowman*）。」不需要紀子的細心，嚴拓也能發現。李璇用了四次「非常」，還特別加重語氣。

「『小小小雪人』?也太可愛了吧?」插不進話題，紀子托著臉頰在一旁咕噥著。

儘管作品推出後大受好評，但嚴拓還是不習慣接受讚美。

「謝謝妳喜歡。」他輕聲回應。

「啊，不用在意我——你們吃吧，菜都快冷了!」李璇擺了擺手，讓人無來由聯想到甩去身上雨水的小狗。

他們面前擺著主餐：奶油培根義大利麵和干貝番紅花燉飯佐魚子醬。

「這是特殊材質製成的盤子，保溫效果極佳——是什麼材質來著?」

「我不清楚。」嚴拓莞爾答道。「隔行如隔山。」

李璇在一旁小口啜飮奶茶。

「對了，妳怎麼知道我會唱這首歌？」

「嚴先生在去年公司尾牙晚宴上表演過這首歌。」

「小粉絲呀。」紀子打趣似的小聲嘀咕，意味深長瞄了瞄嚴拓。

嚴拓清了清喉嚨壓過她的玩笑話：「場子很冷吧？」

「不會呀！我看影片還挺熱鬧的。」

「會熱鬧，是因爲我加碼尾牙的抽獎獎金。」嚴拓苦笑。

李璇話鋒一轉：「不過……我記得嚴先生是今晚受獎吧？上午不是有一場小型的開幕儀式？」

「叫我嚴拓就好——秘書代替我過去了……」嚴拓想說明原因，卻又不知該從何說起。難道要說「因爲有人在外面抗議」？這種話連自己聽起來都覺得可笑。

等等，她剛說……開幕儀式？怎麼沒聽可珞提起過？嚴拓冷不防陷入沉思。

「嚴……拓？我——還是叫您嚴先生吧……」李璇露出不自在的表情。

紀子沉默，半晌沒有作聲。除了媽媽，她不想和任何人分享「坊っちゃん」。

「你剛剛不是提到今天晚上——」紀子提醒嚴拓方才話還沒說完，一面說著，一面將部分目光分給右手邊的李璇。「是有關典禮的事？」

剛被李璇的演奏中斷話題，經紀子一提點，嚴拓這才反應過來。

「對、我剛剛是想問妳，今天晚上的典禮……我是想問妳，想不想跟我一起去？」

「典禮？那種場合我最不擅長了——我從以前開始就討厭演講啊、典禮什麼的！」

「一起來嘛！聽說和一般典禮很不一樣，活動很多，大家談的也都是遊戲，感覺眞的就像嘉年華一樣，很熱情、有趣——他們……是這樣跟我說的……」由於是轉述別人的話，讓第一次參與此類活動的李璇愈說愈沒有自信。

他們——指的是取自希臘神話中女神「Circe」之名的遊戲製作小組，也就是將她的原創故事，打造成去年席捲整個ＶＲ（Virtual Reality）遊戲界的重磅作品的工作團隊。而背後的母公司正是亞爾沃達斯。人文和科技的結合，才能夠開拓新的未來。

「不了，難得放假，我想多到戶外走走。」紀子將捲在叉尖上的義大利麵放入口中，嘴角沾上了些奶油醬。

4

「炸彈？」嚴拓忍不住提高語調說道。

一時間，他以爲是自己聽錯了。

「沒錯，炸彈。可怕吧？」不說話時是傳統的英國紳士形象，一說起話來就原形畢露一副油嘴滑舌的記者嘴臉——杰瑞德．高芬，他就是將嚴拓譬喻成雷恩．葛斯林的訪問者。

他一見到嚴拓踏進會場，便忙不迭迎上前來，舉起照相機立刻朝他拍了一張。

「你眞的很上相——照片性感，本人感性。」

「你很會下標題。」嚴拓微偏著頭，微勾的嘴角看起來有些無奈。

「你的小秘書不在？」杰瑞德左顧右盼——他們，用老派一點的說法，是歡喜冤家。他忽地摟住嚴拓的腰，將他拉往柱子後方：「跟我過來一下。」接著下一句就冒出：「會場有炸彈。」

炸彈。

嚴拓環顧會場，典禮採自助酒會形式，中間還穿插了好幾名服務生爲賓客們提供特殊餐點和飲品。配合主題，所有服務生全cosplay成遊戲人物。今年獨領風騷的Home Wrecker裡頭的俏皮小幫手黃色小粉蝶、「劍爐」的打鐵匠劍客和「小小小雪人」中的小雪人自然不會缺席；另外還有「星河列車」的老列車長、「R」的加農砲半裸女和「森林monster」的銀幣狐狸等人氣遊戲靈魂角色。

「你確定——炸彈？」嚴拓用手肘輕輕戳了他的胸膛。這舉動對於向來稍嫌拘謹的他而言相當稀罕。

實際上，在這次專訪前，兩人便已經相識許久。這和杰瑞德的經歷有關，他是個自由記者，早年到台灣紀錄各地的土地公廟——揚言未來想出版一本將整個台灣土地公廟全標記出來的圖文書。計畫發想的箇中緣由或許得從他的曾祖母談起。嚴拓問過他，他說到時候會在自序中詳實交代——然而幾年過去，還是不見書的蹤影。嚴拓想起時偶爾會調侃他一兩句。

「根據可靠消息指出。」

「所謂的『可靠消息』該不會是你自己吧？」

「才不是，你對我的調查能力應該最清楚——」他解開襯衫袖口鈕釦，將袖子一圈圈往上捲。原本發達隆起的上臂肌肉頓時繃得更加鼓脹。

「調查全台灣土地公廟的能力嗎？」

杰瑞德翻了個白眼。

「不信？看那邊——」

嚴拓順著他的指尖望過去。

入口處，除了三架體積龐大彷彿刑具的金屬測繪儀，還有由已故的知名雕刻家鄒壯壯所雕刻的兩座碧璽雕像以外，就只剩下魚群般陸續湧入的受邀人群。

「我認輸。」他攤開雙手，實在不曉得杰瑞德要自己看什麼。

這時扮成黃色小粉蝶的女服務生恰巧來到附近，杰瑞德攔住她抓撈起兩杯香檳。

「我就是喜歡乾脆的男人——」一杯塞進嚴拓手裡，杰瑞德笑出一口潔白貝齒：「金屬測繪儀。」

「金屬測繪儀？」這男人的老毛病又犯了——說話總是似眞若假。只能先陪他說些瘋言瘋語，才能從當中篩出些有用的資訊。

「嗯哼，金屬測繪儀。」他跟嚴拓一搭一唱，喝了一大口香檳。

「金屬測繪儀能看出什麼端倪？」細長香檳杯裡的細緻氣泡接連往上浮竄。

始料未及，以2001年九月十一日爲開端，到三十多年後的現在，世界各國出現愈來愈多激進派份子。尤其近幾年，恐怖行動非但沒有趨緩，反而因爲各種能源的耗竭來到前所未有的高峰。只要是規模盛大的公開場合，特別是跨國舉辦的活動，皆能收到金錢勒索、警告恫嚇，或者索性於當日以火力突襲侵犯。

正因如此，各大型活動主辦單位無不聯合當地警方進行戒備，並同時加強現場防備應急能力，從前的保全維安公司更是提升至傭兵等級——在草木皆兵的氛圍中，理應生氣勃勃的會場，往往瞬間活脫脫變成一個小型的戰場。

在人人自危的情況之下，金屬測繪儀更是防恐基本配備。金屬測繪儀不僅僅能檢測出金屬，還能精準描繪出該金屬物件的構成，並且進一步提供可能的用途。簡單來說，就是把人當作出入境的行李箱一樣掃描檢查——只不過使用的不是X光，而是不會累積在人體、同時也對金屬益發敏感的DS光[9]。

其實這種安檢方式早在二十多年前便被提出，並且曾經短暫運用在某些國家的機場。然而當時引發侵犯隱私、罔顧人權的疑慮，甚至還導致暴力事件發生——因爲使用的是X光，無法和DS光一樣只聚焦在金屬反應上頭，確實容易造成意料之外的爭端。例如就曾發生有旅客因爲被嘲笑照出來的生殖器過於萎小，情緒失控當場暴走。

話說回金屬測繪儀——其主要功能爲防範有心人士將引爆物藏在體內挾帶進場。

幾年前，便曾出現一例，有人把炸彈藏在胃裡，成功進入會場後，到廁所讓同夥將其剖開。有人質疑此一新聞的眞實性，認爲是子虛烏有的假報導，專門寫來騙點擊率——畢竟誰會犧牲自己只爲了炸毀一個地方？一想到這裡，那些起初抱持懷疑的人，往往就信了。

言歸正傳。總歸來說，若單純要檢測出金屬倒還用不著搬出金屬測繪儀之類的高階儀器，暫且先不論支架、人工關節或者智能關節等相對常見的醫療器材，主要癥結在於「半金屬器官」的出現。若談到這個，就不能不提及簡稱爲iPS的「誘導性多功能幹細胞」（Induced pluripotent stem cells）——屬於「再生醫學」（Regenerative medicine）範疇，對於人體器官的培養與移植占有承先啓後的地位。

這時候，能夠準確判斷出「在體內的金屬物究竟是什麼東西」的儀器，就顯得格外重要了。

9 2023年由俄羅斯科學家Blaine Tucholsky發現，2025年以後開始廣泛應用。

「你眞的看不出來?」杰瑞德說著將臉往嚴拓臉上貼去，一時間身子大幅度晃動差點把剩下的香檳都給灑出來。

嚴拓揪起眉頭認眞看著。

「杰、瑞、德！」遠方傳來叫嚷聲。

是楊可珞。她瞪大眼睛直瞅著杰瑞德，像隻蝙蝠聳著肩膀快步朝這邊走來。

「糟糕——」仰頭匆匆將香檳喝完，把空了的杯子塞給嚴拓：「我先閃了!有機會再續前緣！」再續前緣——他當眞學了不少成語。話一說完，他往嚴拓的屁股俐落拍了一下。開溜之前還不忘吃豆腐。

「這傢伙！」楊可珞雙手叉腰咬牙說道，下一秒將箭頭轉向嚴拓：「嚴先生，請問您爲什麼沒有從安排好的入口進入會場?」

「因爲司機迷——」

雖以「請問」起頭，口吻卻顯然不是這麼一回事。

「不要告訴我司機迷路了。」她搶過嚴拓手上那只空了的香檳杯，放上一旁前來服務的小雪人的托盤上。

「這裡的出入口實在太多了。」

「這樣才安全。現在很多場館都是這樣設計的——不僅分散注意力，遇到突發狀況疏散起來也迅速許多。」

「現代建築的設計概念就是以『逃跑』作爲前提。」嚴拓下了個自以爲幽默的結論。

想當然耳，楊可珞笑不出來。

「在七號出口等不到您，我差點沒把上頭的燈都拆了。」

關心則亂。嚴拓知道她在擔心自己。

明明只是件小事而已——他見七號出口人多，要司機繼續往前開，開往靠湖那一側的出口。

「妳……是不是有什麼事瞞著我？」嚴拓定定注視著楊可珞，她難得別開了視線。機不可失，他接續說道：「利伯馮騰格瑪和平會不是妳讓我今早待在飯店的原因吧？至少——不是唯一一個原因。」見她依然悶不吭聲。「連上午的開幕儀式都沒跟我說，難道……真的和杰瑞德說的『炸彈』有關？」

「那傢伙嘴巴真大，這樣還怎麼當記者啊……」

「所以是真的？炸——」

「嚴先生請您別一直炸彈炸彈炸彈炸彈的掛在嘴邊——」楊可珞輕輕搭住他的手，壓低聲音說道。

連說好幾次的人到底是誰啊——嚴拓忍住，沒有吐槽她。

「妳是我的秘書，不是保鑣。」

「我希望在確認您安全的同時，也能讓您安心享受您應得的榮譽。『小小小雪人』是一款相當優秀的遊戲。」

用這麼認真的表情說出「小小小雪人」——嚴拓想笑，卻感覺此刻的氣氛似乎不大恰當。

「早上我們全盤檢查過了，從停車場、地下室、會場到屋頂，一個角落都沒放過，確認了整個會場都沒有炸——沒有危險物件。」

事後回想起來，兩人此時的這番討論可說是一語成讖。

「至少檢查的時候沒有。」脫口而出後，嚴拓趕緊將自己的嘴拉上拉鍊，避開她指責的視線仰頭一望。

說實在話，這可是件大工程，光是要把占地將近五公頃的主場館地毯式搜查一遍，就不曉得得花上多少時間和心力。

這座仿古羅馬競技場的穹頂巨蛋又名「荷魯斯之眼」，上半部由透明玻璃構成，從飛機上往下看，就像隻睜大於人工島上的巨大眼睛；然而，這會兒若換個角度，從會場裡頭抬頭往上望，便能看見高掛在夜空中的——滿月。

澄澈明亮的滿月，十分符合今天的盛會。

嚴拓的注意力不自覺被月亮吸引了過去。

「要爲您準備縛狼汁[10]嗎？」

「應該又是一封恐嚇性質、用來虛張聲勢的信而已。」

這裡指的當然不是眞的信，而是電子訊息。

只是對於從舊時代一步步活過來的他們來說，恐嚇信的說法要比恐嚇訊息要來得逼眞許多。

「記者們都知道？」天曉得今晚會場有多少記者——沒有一百，怕是也有五十吧？畢竟是一年一度的重大日子。

「共七十三，不含攝影師。我也很疑惑，那傢伙的情報到底是從哪裡來的……待會兒被我逮到，我一定要向他逼問出來——照理說只有世界遊戲協會（World Game Association）理事以上的少數人才知道。最

---

10 《哈利波特》中，路平為了在滿月之日不變成狼人而服用的魔法藥水。

初收到恐嚇信的，就是盧登・波基維森會長。」

「那個頑固老頭居然沒跟我說。」想起那張連皺紋都固執的老人面容，嚴拓沒好氣噘嘴道。

「沒跟您說的人是我。」知情不報的她居然還理直氣壯糾正道。「否則我怎麼會知道呢？」

這樣可以說連盧登會長都被她擺了一道嗎？

「現場維安人員應該會比平常多上不少吧？警方也有來吧？畢竟是亞爾沃達斯——」

「亞爾沃達斯沒有通知當地警方。說實在的，我也不認爲這裡的警方能力可以和亞爾沃達斯的『部隊』相比。」

亞爾沃達斯擁有自己的維安公司，Kleos，希臘文「榮耀」之意。傳聞其中大多數成員是從軍隊裡吸收過來的，不少幹部更是退伍軍人或者曾在國外加入傭兵團——總而言之，是經驗和實力兼具的團隊。

儘管初始是一大筆開銷，看似投石入海；不過長遠來看，經常舉辦大型活動的亞爾沃達斯當年當機立斷的決策反倒有先見之明。到現在，Kleos五成以上業績來自其他企業的委託——規模愈來愈大。對於網路維安領域也早有佈局。

若能把在資訊業與科技業等領域的豐功偉業統統整合起來，大概就是人們口中的資本主義怪物。

「嚴先生！」

清亮聲音從後頭傳來。

楊可珞探出頭視線越過嚴拓，映入眼簾的，是一名嬌小纖細的少女。不，仔細一看，應該也快三十歲了——或者還要再大些。帶著學生氣質的女人穿著海藍色小洋裝，和早上的百褶裙相比稍微正式些，但在周遭其他人顯然投入不少成本的奢華裝扮相襯下，略嫌低調樸素。

「李璇。」

「真的好多人啊……」

「您好，我是嚴先生的秘書，楊可珞。叫我Carol就好。您是Home Wrecker的故事原創李璇李小姐吧？」

「對、我是——」似乎招架不住反應機靈的楊可珞，李璇支支吾吾：「這兩位是……」

「溫絲．古爾欽博士和中島介醫生，兩位是Circe製作團隊的靈魂人物。」楊可珞明快說道。

會場裡所有人都戴著所羅門王之戒和翻譯耳飾，因此無論來自什麼國家使用什麼語言，每個人都能對答如流，溝通暢行無阻。

溫絲．古爾欽是個年約四十五、六歲的中年婦女，穿著花花綠綠的蓬鬆毛衣，感覺像一棵溫暖的聖誕樹；至於中島介，正值三十六、七歲盛年階段，渾身一點贅肉也沒有，一身筆挺潔白西裝讓那張略嫌瘦削的臉看起來更加不苟言笑，若是躺在手術台上仰望著這張臉孔，大概連麻醉針都用不著打了吧。

和一般遊戲小組給人的活潑富有創意、抑或聒噪躁動神經質的印象不同，這三人非但離花俏張揚有很長一段距離，甚至還有些呆板。與其說在「創造娛樂」，倒不如說像是在「進行實驗」——不知怎地，嚴拓心底浮現如斯想法。

「您好，幸會。」中島介率先伸出手。他的語調沒有絲毫起伏，不曉得該說他是太習慣應酬還是根本不擅交際。

「可以跟我合照一張嗎？」溫絲就不同了，話聲甫落，她立刻轉身湊到嚴拓身邊，輕輕挽住他的胳膊。中島介隨即舉起手將手背對準他們，平時從中指指根延伸而出投射在手背上的虛擬螢幕，根據使用模式進行調整，此刻切換成拍照模式的螢幕出現在中島介手心那側，顯現出手挽著手的嚴拓和溫絲。溫絲咧嘴喊道：「一……二……三──Chase！我女兒很喜歡『小小小雪人』。她要是看到這張照片，一定會很開心。」

Chase是「小小小雪人」遊戲開始的音效聲。

「她沒來？」嚴拓探頭往會場四周張望。「在飯店的話，今晚活動結束後我可以去找她。」

「她和我老公在家，學校有活動。」她開啓智能指戒的照片投影模式，將手心湊到嚴拓面前。她不算大的手掌微微蜷起，小心翼翼捧著一家三口。「中間這個就是我們的女兒。」

和溫絲或者她亞裔老公的膚色不同──被兩人抱住的女孩有著黑麥色肌膚。

「還沒恭喜你們獲獎呢──」楊可珞將話題拉回典禮現場：「眞的是很了不起的成就，才剛成立不到兩年的製作小組，居然就一舉獲得綜合類別的卓越金獎，這可是『滿月嘉年華』的最大獎。」

沒錯，若以電影獎項來譬喻，該獎項等同於最佳影片獎。是眾所矚目的焦點。再加上是由這麼「年輕」的團隊從故事原創一手打造而成。在短視近利，試圖一再複製成功模式而一味追求大ＩＰ以及改編氾濫品質挾泥沙而下的娛樂市場中，這樣的方式相對復古且珍貴。

大概也是留意到這一點，想以獎項來導正愈走愈歪斜扭曲的經營理念，此次得獎的作品例如「小小小雪人」，同樣是原創作品。

「也恭喜你們！」溫絲給了嚴拓一個熱情的擁抱，當然也沒有漏掉楊可珞。

也許是不習慣這種互動，楊可珞肢體僵硬。嚴拓側過臉忍俊不禁。

「有改編成繪本的打算吧？畢竟李璇小姐是知名繪本作家。」爲了整理情緒拉回主導權，楊可珞整了整衣襬問道。

「目前還在跟出版社討論。」出聲回應的反倒是中島介醫生，一副這話題就到此爲止的冷淡表情。是版稅還是什麼條件談不攏嗎？楊可珞暗想。

「是嗎？原來還在談啊，我就在想，按照Home Wrecker火紅的程度，應該早就要出版了才對——如果可以的話，說不定也可以請李璇小姐擔任『小小小雪人』的繪本插畫家呢！」

「這是我的榮幸！要是……能早點遇到你就好了……」李璇呢喃著。

「嗯？李璇小姐的意思是——」嚴拓不明白她的意思，語焉不詳的弦外之音讓人在意。

十分神奇，任何乍看過於戲劇化的話語，感覺從這女孩子的口中說出來都能成立。

「她的意思是——明年的工作進度都排好了，恐怕擠不出時間來。」這回代替她回答的是古爾欽博士。她和中島介一左一右將她夾在中間。

「有點緊張呢——」李璇張著大眼環顧周遭，說完還吐了一大口氣，像是想強迫自己放鬆似的。

楊可珞總覺得有種顧左右而言他的意味。

不過這也難怪——或許是簽了什麼保密條款。

和從前相比，現今的合約制定複雜許多，加以媒體的多元化和傳播載具的多樣性——不熟悉法律的人大多會選擇沉默是金，畢竟有可能一句話就讓上百、甚至上千萬美金的投資轉眼間泡湯。

「多參加幾次就習慣了。」

「不、不是宴會……是外面那群人……」李璇手摀住胸口，看起來餘悸猶存。「剛剛我們搭主辦單位準備的車過來，在就快要抵達門口那邊、他們……他們把車包圍起來、敲打推擠的時候，我眞的、眞的以為他們要衝進來了……」

李璇的形容讓人聯想到殭屍。

二十多年前，曾經有過一段殭屍熱潮──從小說、漫畫、戲劇到遊戲，無處不殭屍。

當時能和殭屍匹敵的，大概只有吸血鬼吧。

這股熱潮遲早會回來的，像輪迴，畢竟二十多年前的那次流行，其實也是對前世代的復古翻新。

嚴拓只能暗自祈禱這沛然莫之能禦的趨勢不要折返得太快──殭屍和吸血鬼剛好是他最無感的兩種幻想物種。

正當他沉浸在自己的思索中，一道身影倏忽閃過，從服裝判斷，是「星河列車」的老列車長，但令他在意的是那人的側臉輪廓──他目光旋即追隨過去，但人影很快便沒入嘈雜人群。

一時間，嚴拓有跟上去的衝動，才剛下意識挪動腳步──

「啊、他們來了──」一直都像是驚弓之鳥的李璇冷不防驚呼一聲。

眾人全望過去。

來者令人出乎意料，彷彿連空氣都跟著硬冷起來，變得有稜有角。

從大片陰影裡出現的是美國國防部（U.S. Department of Defense）部長喬治．多魯亞圖、和英國國防部（Ministry of Defence）部長史丹利．莫茲提茲拉。

「他也來了？」楊可珞忍不住細聲說道，手肘有意無意碰了嚴拓一下。

是英國上議院議員維爾高莫安．范岡。儘管上個月才遭到槍擊，但一碰到能提高自己知名度的重大場合，即使吊著點滴也會出席吧。

此刻他像是早已一掃先前遇襲的陰霾，衝著湧上前來的媒體咧開專業的燦爛笑容。

「多魯亞圖部長，想請問您為何今天會來這裡？」不知何時擠到隊伍最前方的杰瑞德揚聲問道，同時也瞄了喬治．多魯亞圖身旁的史丹利．莫茲提茲拉一眼。他隨即被幾名身穿筆挺軍裝的男子擋開，但論體格，杰瑞德也不是省油的燈。

「虧他們還敢來這裡。」楊可珞說的也是嚴拓的心聲。

「所以是真的囉？關於亞爾沃達斯背後的兩大金主是美國國防部和英國國防部——如果多魯亞圖部長不方便回答的話，莫茲提茲拉部長要不要代為回應一下？你們應該很熟吧？這是直播，全世界的人都在看喔！他們都很想知道、想知道你們到底在打什麼算盤？這樣的『官商投資』是不是為了獲取更多資金好投入戰爭？為了亞洲和大洋洲的二十一世紀下半葉的資源戰佈局？」杰瑞德收起平日吊兒郎當的神情，口齒清晰有條不紊說道。

「亞爾沃達斯確實和我們國防部有產業合作，特別是通訊方面，至於其他問題，我們不方便回應。」一旁身穿雙排釦西裝的中年男子說道，他是國防部的發言人。

他的出現，暗示著今晚提出的任何問題都得不到答案。

而這幾位身分特殊、在此場合顯得格外突兀的大人物，便是利伯馮騰格瑪和平會之所以到維齊洛波奇特利對滿月嘉年華進行抗爭行動的主要原因。

至於另一個他們「聲稱」的因素，則是ＶＲ遊戲Home Wrecker。

嚴拓認為這根本是無妄之災。

Home Wrecker，中文譯名為「家庭破壞者」，乍看以為是個頗殘忍的遊戲，然而實際上根本不是這麼一回事。所謂的「家庭破壞者」，指的是「孩子」。在遊戲中，玩家扮演的是孩子王，趁爸媽不在家的時候，把家裡攪得天翻地覆。

遊戲結合虛擬實境和實感體驗，加上繽紛多彩的畫面，更別提還有多元豐富的背景設定：例如因爲爸爸被解雇換新工作搬進一個更小的家、雙親車禍身亡後和姑姑同住一個屋簷下、或者隔代教養的孩子某天阿嬤忽然失智走丟必須自己一個人面對空蕩老舊房院。各式各樣的「家」提供玩家探索——甚至還能將自己眞實世界裡的家掃描後輸入，在虛擬世界中對平日住慣的地方大肆破壞。

然而，既然是稱霸今年度的重磅遊戲，Home Wrecker自然不僅止於此——層出不窮的「突發狀況」，或者用遊戲的概念來稱呼：任務，才是Home Wrecker眞正讓人廢寢忘食的地方。

所謂的「任務」，意思是家中每個角落實際上都隱藏、埋伏著各種危機，例如：掛在陽台上的圓盤形曬衣架突然甩掉衣服像直升機一樣劇烈旋轉朝玩家飛來子彈似的啪啪啪射出曬衣夾；衣櫃啪搭忽地一聲巨響向兩側敞開從裡頭跳出好幾隻野熊松鼠兔子等動物布偶對著玩家扔出蘋果橡實紅蘿蔔；甚至也有這種情形——走在通往二樓的樓梯上牆面冷不防爆破開來竄出一大群狗，黃金獵犬拉布拉多哈士奇博美紅貴賓，無論體型大小紛紛咧嘴衝著玩家撲襲；颳起一陣龍捲風屋頂整個掀開家具擺設全跟著飛舞起來，而玩家只能站在一片狼藉中睜大眼望著背上背著降落傘從天而落的萬千隻小小玩具衛兵往底下瘋狂掃射玻璃彈珠。

玩家等級依據通過的關卡難易度累積積分，而任務會隨著玩家等級變得愈來愈難：挑戰自我極限。不單單是Home Wrecker——這同樣也是所有遊戲的核心價值。

但有專家認爲，這款遊戲會破壞遊戲者對於「家」的概念：長時間的暴力傾向思考會影響人的大腦，導致道德感喪失——都是些早在遊戲發展之初便說爛了的老生常談。例如動漫狂熱者會無法適應現實社會引發隨機殺人事件，或者沉迷遊戲和網路重度使用者會無法區分眞實和想像而陷入瘋狂，致使產生自殘、自我放逐等舉動。

只不過，各種意義上的「殺人」抑或「自殺」，本來就是社會中的特例，並不能以單一原因追究。如果執意如此，就是將一樣事物強行「妖魔化」，跟中古時代的「獵巫」行爲沒有差別。

也難怪李璇會膽顫心驚了。一路上，外頭有不少高舉反對Home Wrecker、要求他們下架的抗議標語；也有更爲激進的民眾要他們出來道歉揚言要把他們統統驅逐出境。

在戰爭如瘟疫般迅速於全球蔓延、規模和影響範圍愈來愈大的陰影籠罩下，陷入恐懼和憤怒的群眾什麼事都做得出來。

不過，就如方才所提，反對Home Wrecker只是種手段、是表層理由；深層原因正是杰瑞德無所畏懼大聲說出的那樣——

杰瑞德・高芬固然有八卦的一面，但更多時候，尤其是面對強權時，他從不屈服。

這也是楊可珞對他又愛又恨的緣故——但對嚴拓來說，他就是個個性可愛的老友。

「是馮昂・亞爾沃達斯總裁。」

馮昂・亞爾沃達斯，是亞爾沃達斯企業的掌權者。全世界目前最具影響力的CEO之一。

他的頭髮用髮油往旁邊梳開，是稱爲旁分紳士頭的side sweptm。身穿合身西裝，顏色是接近黑色的深藍色，表面上看起來低調，但內行細究便會發現材質和設計都極爲講究，特別是從外套衣襬前緣往後腰稍加收束的微妙弧度，讓他的身形更顯突出，連帶連神采也益發飛揚，完全看不出已經將近六十歲。

「馮昂．亞爾沃達斯先生，據說這場『盛會』的預算大概是一千萬美金，請問你有什麼想法？」杰瑞德果然不是省油的燈，這會兒又來到最前排，趁著其他記者還在斟酌用詞時率先發難。

「什麼想法？」馮昂．亞爾沃達斯一臉「你問的問題是問題嗎」的表情。「這是一年一度的盛會，又是亞爾沃達斯主辦的活動，一千萬美金根本不算什麼。」

「馮昂．亞爾沃達斯先生，你知道外面有抗議活動嗎？已經進行了一整天。」

「抗議活動？」很顯然，他身邊的人都不敢讓他知道。上位者總是活在美好的泡泡裡，看什麼都是亮的：「抗議什麼？」

「抗議你啊！」

「請問這位是？」一旁眼睛像是用刀子割開的秘書冷不防趨前，一個箭步擋在杰德瑞和馮昂．亞爾沃達斯之間。兩側的保鑣也簇擁過來。

「杰瑞德．高芬，來自台灣的自由記者——我不是恐怖份子！」他左右瞄了瞄那幾名魁梧剽悍的保鑣，戲劇性舉起雙手，還忍不住調皮晃了晃。

「我們記者訪問的時間安排在典禮之後，時程表相信都已經發給各位媒體記者了，還請諸位配合——把這位記者先生先請到休息室休息。」說著，秘書使了個眼神，其中兩名保鑣隨即上前搭住杰德瑞的臂膀。

「等一下。」馮昂．亞爾沃達斯阻止道：「你說說，外面那些人在抗議我什麼？」

杰德瑞身子一扭，震開他們的箝制，眼底射出銳利的光芒：「抗議的東西可多了——先是急於拓展娛樂遊戲產業版圖而造成的環境汙染。你知道普洛公司，用不著我說明，亞爾沃達斯眾多子公司之一，今年三月被舉發汙染了帕納伊巴河。還有爲了建設工廠而砍伐森林不顧當地生態以及生活其中原始部落。更不用提最近被爆出提供美英兩國軍事技術作爲資金和政策上的交換。你知道大家都怎麼形容亞爾沃達斯嗎？」

「怎麼形容？」面對種種指謫，不愧是面對過無數大風大浪的馮昂．亞爾沃達斯，他泰然自若問道。

「『嗜血的小孩』。是不是很符合你們今年推出的大作Home Wrecker啊？」

藉遊戲之名，行屠殺之實。

然而，或許是對於遊戲產業並不是那麼熟悉，在念出「Home Wrecker」這款遊戲名稱的當下，杰瑞德心底幽幽浮起一種異樣感。如鯁在喉的異樣感。

「感謝這位記者朋友的批評指教。」說話的是一名約莫四十歲出頭的壯年男子。男子名叫羅菲朗．亞爾沃達斯，是馮昂．亞爾沃達斯的表弟。「雖然今晚的主角是那些富有創意並且將創意落實成眞的優秀團隊，而不是我們這種只懂得賺錢渾身充滿銅臭味的商人。不過看來有些事還是得立即說明，才不會讓專業媒體被某些道聽塗說的資訊給誤導，造成對亞爾沃達斯集團的誤解。畢竟我們一直以來都致力於讓世界往更美好璀璨的方向發展，無論是通訊業、製造業還是娛樂事業。」

「果然很能說啊——」楊可珞咕噥道。

嚴拓目不轉睛遠遠望著他們的對峙。

「其實這位記者朋友所提出的質疑，我們都已經公開說明過好幾次了。無論是在國際場合上抑或是和當地政府的溝通方面，皆做了詳盡報告，檢測資料在網路上也統統能查到，全都透明化處理。帕納伊巴河的汙染不是普洛所造成，而是貝拉里。相信各位稍微做些功課便能知道。貝拉里並不是亞爾沃達斯的相關企業，而是當地政府扶持的中小型工廠。被誣陷砍伐森林一事也是同樣情況，那是契約書擬定的疏漏，聯通（Connection）法律事務所已經就此案公開發表道歉聲明，裡頭提到關於牽連到亞爾沃達斯集團一事亦感到愧疚。而亞爾沃達斯也不打算置身事外，儘管因爲涉及的層面既廣又複雜，即使會對生態和人文環境造成影響，仍然必須按照合約內容進行開發，不過我們目前正努力和當地部落進行協調，相信在各位的監督之下一定能和諧發展。至於最後一點，也就是這幾天引起軒然大波、甚至有人包圍會場抗議造成民情動盪不安耗費社會資源的起因，是最荒謬的——亞爾沃達斯確實有和美英兩國密切合作，但不只是這兩國，身爲大型跨國企業，和亞爾沃達斯簽訂合作的國家高達兩百六十一個。這些只要去查都能查到。指出我們是戰爭的幫兇是不是太偏頗了？怎麼不見那些人去向Lockheed Martin、Raytheon Company或者BAE Systems plc[11]抗議？那些不是才是眞正販賣船艦、飛彈和戰車等毀滅性軍事武器的公司嗎？只因爲我們的產品在第一線面對大眾、貼近生活，所以就可以隨意謾罵、構陷嗎？請恕我無法接受這種跟方便麵沒兩樣的不實指控。」

向來巧舌如簧的杰德瑞被羅菲朗．亞爾沃達斯這一席話頓時說得不知道該如何反駁。

「各位嘉賓晚安，請各位嘉賓回到座位上，今晚的典禮準備要開始了……」舞台邊，主持人用優雅的語調說道，爲舞台下的插曲劃下休止符。

「總裁，這邊請。」狗眼看人低的秘書連杰瑞德一眼都懶得看。

羅菲朗．亞爾沃達斯自然更是不理會自己視爲手下敗將的杰瑞德，搶先表哥一步往前邁開腳步。

---

11 以上均為英美國防軍事承包商。

倒是馮昂．亞爾沃達斯，在離去前定定看了看杰瑞德。杰瑞德有些訝異，也回望回去回應對方的目光。以往自己槓上的權貴、藝人──在自己的提問過後，不是心虛似的以高傲掩飾，就是感到理虧般以憤怒瞪目。

從來──從來沒有任何一個知名人士，像他這樣，和自己平靜對視。

「馮昂．亞爾沃達斯先生，我建議你換個秘書──只是看人整理過的第二手資料，是看不到眞實世界的！」他扯開嗓門，朝著已經走遠的馮昂．亞爾沃達斯背影喊道。

●

「開始了，我們的座位安排在那邊。」楊可珞說著往前方看去。舞台右前方的位置。

從座位的安排可以想見，儘管公司才剛成立一年左右，規模和其他歷史悠久抑或資金龐大的企業無法相比，但大會似乎頗重視嚴拓所帶領的「ＨＦ工作室」的創意潛能。

實際上，這隻小蝦米，確實扳倒了不少大鯨魚。

而且還是隻外型極爲亮眼的小蝦米。

訪問過亞爾沃達斯高層後，鏡頭焦點又回到嚴拓身上。嚴拓感覺彷彿有上百名狙擊手正瞄準自己。

開場節目，大會邀請了當紅歌手Foxieria[12]獻唱。唱的是今年全球電影票房突破五十億美金*Silly Me*的主題曲*See You*。果不其然，自稱影視方面跟不上時代的嚴拓沒看過這部電影。不過歌倒是聽過，之前和公司下屬唱歌時有人點過。

是假唱吧——麥克風自動發聲。

對於這種演出式表演，嚴拓沒有半點興致。他的視線從舞台上移開，悄悄往隔壁桌望去。

馮昂．亞爾沃達斯坐得直挺挺的，看得出自我要求極高——對別人恐怕更是；羅菲朗．亞爾沃達斯和馮昂．亞爾沃達斯的秘書都不在座位上；美國國防部長喬治．多魯亞圖按了按後頸紓緩肌肉，不時仰頭瞄向上方讓人聯想到防護罩的透明屋頂；美國國防部發言人百無聊賴，頻頻垂頭確認手背上的時間似乎在想這狗屁活動到底什麼時候才會結束；至於英國國防部長史丹利．莫茲提茲拉，則微側過身子低聲和隔壁座位的女人交談。

是歐瑞妲．約奧辛汀．亞爾沃達斯，馮昂．亞爾沃達斯的第二任老婆。

或許是不喜歡在媒體前露面，她沒有選擇和丈夫一塊兒進入會場。

出身約奧辛汀世家、擁有貴族血統的她才華洋溢，不只會建築設計，聽說舉凡音樂、繪畫、西洋棋，甚至是芭蕾、體操、射箭統統難不倒她。嫁給馮昂．亞爾沃達斯前還曾是花式滑冰選手，也演過戲。

內涵豐富、靈魂有足夠厚度的女人，即使什麼都不做，氣質仍是活潑躍動的。

她穿著黑色禮服，明明只有一種黑，卻像是將一條流動的深泉裹在身上。

---

12 冰島新生代創作歌手。

「讓我們掌聲歡迎大會主席，同時也是亞爾沃達斯集團的副總裁，羅菲朗‧亞爾沃達斯副總裁上台為我們說幾句話。」

一連串熱烈掌聲中，羅菲朗‧亞爾沃達斯從舞台後方現身。他換了另一套西裝，鐵灰色領帶宛如一尾用水銀做成的蛇。他緩緩走向架設在舞台中央的麥克風。

「請大家抬頭看一下。」大概是把自己想像成御風翱翔的老鷹，他戲劇性地「啪搭」展開雙臂，粗壯脖子隨之往上一揚。

眾人跟著他抬頭往清澈夜空望去，目光穿過透明到失去存在感的玻璃，直抵月亮。

「多美的滿月。」

楊可珞輕輕嘖了一聲。不得不承認，這個男人很懂得如何操縱群眾心理。

「在印度神話裡，月亮，是男性的象徵。比起太陽，月亮顯得和緩許多，我覺得這就和我們現在在做的事一樣——遊戲是溫柔的征服。」儘管言談中在在透露此人的霸道與桀傲，但不能否認，羅菲朗‧亞爾沃達斯確實具有領袖風範，發表演說時眼神堅定、音質沉厚有力。「首先，我要謝謝各位嘉賓的蒞臨，能獲邀參與『滿月嘉年華』，代表諸位都是這一行出類拔萃的佼佼者。再來，我要特別感謝——我的表哥，馮昂‧亞爾沃達斯。謝謝他信任我，願意將亞爾沃達斯集團的娛樂事業交給我全權負責。說實在的，遊戲是年輕人的事業。雖然表哥身體還很硬朗……相信我，沒有人比我更了解他的體力有多好，當然，除了歐瑞妲。」他按照預定的講稿故作幽默，在此處稍加停頓，等待台下齊聲笑出。

嚴拓瞥向被拿來作文章的馮昂和歐瑞妲，並肩而坐的兩人表情如常。

「不過，永遠有人年輕，我們卻註定愈來愈老……」適時帶有深意的自嘲，以退為進的策略讓人意識到他能力的同時，又可以感受到他的自省和努力。「所以，我也要感謝過去這一年來的研發團隊，無論是硬體工程師或者是提供我們無限創意的創作者們——請各位不要吝惜你們的掌聲！」拉揚尾音的瞬間，朝向舞台左側，他再度展開手臂，坐在那幾桌的人猶如受到感召般熱淚盈眶，紛紛起身接受眾人的喝采。

「好好的頒獎典禮，弄得像自家尾牙一樣。」楊可珞不由得又咕噥一句。她不喜歡做事不看場合的人。「不對，不是尾牙，根本是新興宗教。不是常有人說嗎？現在的大企業跟傳直銷沒兩樣。」她難得向嚴拓發起牢騷——可以想見這傢伙究竟有多倒她的胃口。

「既然我們好不容易請到副總裁來到現場，當然要讓他待久一點囉！你們說是不是？副總裁今天穿得那麼帥——請副總裁爲我們頒發今晚第一個獎項……」大腿抱得相當明顯的主持人顯然很對羅菲朗．亞爾沃達斯的胃口，只見後者咧嘴笑開——鼻樑角度、下顎線條、頸部皺紋……小心翼翼確認沒有死角後僵住不動，好讓明天新聞頭版上的自己呈現出最佳狀態。

「雷恩．葛斯林，你覺得他像誰？說來參考參考我好下標題。」像是打地鼠遊戲，杰瑞德從嚴拓身後一蹦探出頭來。

「又是你這傢伙！你的座位不在這裡——」

杰瑞德將桌上名牌轉向楊可珞，上頭寫著「杰瑞德．高芬」。

「怎麼會？你偷換的？」

杰瑞德嘟起下嘴唇，雙手一攤。

「得獎的是『小小小雪人』——HF工作室。讓我們給予他們熱烈掌聲。」

會場響起悠揚音樂，演奏曲子是英國作曲家Edward William Elgar[13]的《威風凜凜進行曲》（*Pomp and Circumstance Marches*），主持人的溫潤聲音穿插其間。

「ＨＦ工作室，『ＨＦ』據聞是『However Forever』的縮寫，至於是不是真的，還是另有原因，歡迎各位媒體朋友典禮結束後的採訪時間再向我們的雷恩詢問——」一襲粉紅色禮服的主持人介紹到這邊時刻意拉長尾音，細聲短促笑了一聲，像換了一個人似的，轉換腔調用正經語氣繼續往下說道：「ＨＦ工作室是於２０３１年，也就是去年六月，在台灣成立的公司，是潛力無窮的新興公司。負責人嚴拓身兼創意和開發總監，在投入遊戲界之前，涉獵範圍廣泛，除了在人工智慧研究方面獲得相當豐厚的成果，更是讓The One公司一舉登上機器人市場龍頭的幕後推手。利用大數據找出靈魂伴侶的ＡＰＰ，Forest Friend[14]，是其代表作之一。」

在介紹聲中，嚴拓站起身來，順勢牽起楊可珞的手。

壓根兒沒有料到嚴拓會有這個舉動，楊可珞傻楞楞望向他，還來不及掙脫就被他引領著往階梯走去。

「您自己上台就好了。」楊可珞想掙脫他的手，但被這麼多雙眼睛盯著又不能做得太明顯。「我是秘書，這遊戲我又沒幫上忙。」她壓低聲音語氣急促。

「怎麼會沒有？」嚴拓直勾勾看著前面，難得一口反駁回去。

「讓我們歡迎遊戲界的雷恩‧葛斯林——嚴拓，嚴總裁！」不在預定的講稿裡頭，主持人索性無視於楊可珞的存在。

---

13 英國作曲家。

14 參考前作《神的載體》。

缺乏創意的人的通病，就是一拿到梗非得把梗弄到爛不可——心底雖然不由得揶揄主持人，可是聽到自己的發想被大肆提及、沿用，再加上主角是嚴拓，杰德瑞一雙手仍然拍得熱烈，拍得都紅腫了，費了好大的勁才壓抑住從座位上跳起來的衝動。

「恭喜——」羅菲朗．亞爾沃達斯張著弧度極大的笑容，臉都快裂開了：「沒想到現在年輕人也挺復古的，我也玩過『小小小雪人』——你們沒想到吧？」他對著台下朗聲問道，底下報以浮誇笑聲。「這款遊戲相當有意思，讓我想起中學時期玩跑跑卡丁車（*Kart Rider*）[15]、跑跑薑餅人（*Cookie Run*）[16]之類的遊戲，謝謝你，讓我們重溫那段陽春卻不簡單的遊戲史。」

言論含針帶刺。羅菲朗．亞爾沃達斯先是和嚴拓握手，將帶有滿月意象的圓形獎座從工作人員手上的托盤接過，遞交給他之後，再一個熱烈的擁抱。最後讓出空間讓他站到麥克風前。

仍然被嚴拓搭勾住手腕的楊可珞站在他身旁，肩頭輕輕碰抵住他的胳膊。

配合嚴拓的身高，能夠感應呼吸氣息的麥克風自動緩緩上升。

掌聲和拍照閃光持續了好一陣子才終於歇止。

「謝謝。」嚴拓露出靦腆的笑容。「眞的，謝謝。」

掌聲再度響起。

隨著嚴拓吐出的第一個音，音樂漸弱。

「『小小小雪人』這個作品，圓了我的夢——不是譬喻，是眞的圓了我的一個夢，一個我小時候做的

---

15 2007年引進台灣，曾紅極一時。
16 2014年引進台灣。

夢。」嚴拓的開場白一瞬間吸引所有人目光。帶著孩子般的緊張與雀躍，他接續說道：「我想，一定不只有自己，大家小時候，應該都做過很多很多天馬行空、稀奇古怪根本說不出道理來的夢。儘管千奇百怪，然而，那些夢，都有一個共同點：充滿想像力。奇怪的是，長大以後，我們同樣睡覺做夢，卻怎麼都無法從已知的事物中脫離出去——仔細想想，眞的好神奇啊，小時候，明明是還不大認識這個世界、知道的東西也最少的階段，可是能做到的夢，卻是最沒有侷限的。」

楊可珞扭過頭，底下觀眾彷彿一瞬間全消失了。她注視著嚴拓說話時的側臉。

「這個遊戲，『小小小雪人』，確實如羅菲朗．亞爾沃達斯先生方才所說，並不是一個石破天驚、能引領時代潮流開創新風貌的了不起的遊戲，甚至也沒有應用太多現今已臻成熟且廣泛應用的技術例如MR（Mixed Reality）[17]或者AIIR（Artificial Intelligence Interaction）[18]，去幫助同業塑造受眾的集體感受。[19]」

被提及的羅菲朗．亞爾沃達斯略微收起下顎，瞥向嚴拓挺拔的背影，忖度著：眞搞不懂世人爲什麼大多喜歡直率的人？說他們很眞——很眞？他厭惡那些把世界看得太簡單、想到什麼就說什麼的人。

社會化程度不足的人，就是應該被淘汰的瑕疵品。

---

17 混合實境。融合了虛擬實境VR與擴增實境AR的特性，在投影虛擬物件的同時，也能看到現實環境。

18 人工智慧互動模組。結合超過一個的人工智慧，採用「人工智慧疊加」的概念使兩名以上的使用者，可於同時間共享彼此所感知的事物。

19 集體感受（Collective Sensation），最早是由加拿大學者魯本．格雷（Ruben Gray）所提出。簡單來說，是指有時難以靠單一概念讓人理解、甚至進而接受某一知識或者新知（其在論文中稱之為「知外者」）。這時候，就需要倚賴「多個」同領域的單一概念來輔助建構該知外者的可信度。

「『小小小雪人』的概念非常簡單，對大多數的人來說，可能簡單過了頭──就是一個『小雪人必須靠著不斷往前奔跑，將滿天風雪沾上身體，才能不讓自己融化從這個世界上消失』的故事。」

必須竭盡全力奔跑，才能不讓自己消失。

「不過，雖然是我的夢，卻是靠大家的力量才得以實現──很抱歉，比起頒獎典禮，他們更想要放假……在座的大家應該很能體會，藝術家都不喜歡應酬。」嚴拓抿唇一笑：「所以這份苦差事，就只好交由我來做了！」

眾人跟著笑了，氣氛輕鬆──除了站在他身後的那名男子。

杰瑞德沒有看漏。他緩緩抬起手，扳開虎口呈九十度，從對角鏡頭般牢牢框住羅菲朗．亞爾沃達斯的臉。那張死白冷酷的臉。

對於自己一手籌畫的滿月嘉年華，竟然被說成是件苦差事──

「大家可能在疑惑──她是誰？」嚴拓話鋒一轉，說著側身看向一旁的楊可珞。不習慣站在舞台上受到矚目，楊可珞難得低下頭，直瞅著地板。「我們從小就認識了，她是我最重要的朋友，當然，現在也是我的秘書──我一直認為，就是因為有她的陪伴，我的童年才會這麼快樂、完整，才能夢到那樣的夢。而也正是因爲有她在身邊，自己才能在直到這麼多年以後的今天，還記得當初充滿童趣的純粹的夢。」

他一面說道，手一面輕輕晃動著，彷彿兩人此刻不是站在舞台上，而是要去郊遊。

「所以，請大家好好把握住身邊那些可以讓自己永遠是自己的人──」

就在最後一個字，「人」的聲音吐出的那一剎那，砰，爆炸聲轟然響起──緊接著感到腦袋一震、耳膜受到衝擊一時間意識恍惚甚至像是聾了似的周遭一片死靜寂然。

映入嚴拓眼中最後一個畫面，是頭頂上的玻璃屋頂，以慢動作方式龜裂——而後大塊大塊碎落，最終，毫不留情，宛如崩解的冰山猛然塌毀。沒有玻璃阻隔的滿月看起來更大、更圓，也似乎更亮了。又大又圓又亮的滿月，看起來居然像是假的。

嚴拓眼前一黑。

5

睜開眼時，是中島介那張沒有絲毫表情的臉。說是沒有表情或許不大精確，他下垂的嘴角看起來好像一直在對什麼感到不滿。

「看你的表情，應該沒問題了。」中島介似乎想說些輕鬆的話讓對方感到安心，不過仍然不大熟練。

「有沒有人說過，你長得很像本木雅弘。[20]」

「本木雅弘？在醫院，現在提他好嗎？」中島介應道。口吻淡然到聽不出究竟是不是在開玩笑。他站在落地窗前，以夜幕爲背景，遠方滿月高掛，驚人的亮度彷彿在向世人宣示自己的存在。

面對中島介的回應，嚴拓笑了。愈是理解生命的人，愈不會惺惺作態避諱黑色幽默。

「你喜歡看老電影？」中島介問道。

---

20 日本男演員，代表作為電影《送行者：禮儀師的樂章》，該片於2009年獲得奧斯卡最佳外語片。

「也不是喜歡看老電影，只是新電影都沒看。」

「也難怪，你們都忙著創造更新的東西，哪裡有時間去看已經被創造出來的呢？」中島介拍了拍後腦杓，拉回正題：「有沒有哪裡覺得不舒服？」

「沒有。」

「你後腦杓不痛？」他緊接著問道。

嚴拓摸了摸後腦杓，這才發現自己頭上包著一圈繃帶，沿著前額繞到後腦杓。

剛剛拍後腦杓不是習慣，而是暗示嗎？嚴拓一面想著，一面抬頭看向這位個性彆扭到令人感到有趣的醫生——悶騷。要是可珞在的話，肯定會這樣形容他。

可珞——對了、可珞人在哪裡？

「可珞她在哪裡？她沒事吧？」

「她沒事，因為沒事才不在這裡。」

言下之意，怕干擾到受傷患者，那些身體無恙的人統統被「請」了出去。

「不過……到底發生了什麼事？」嚴拓在病床上挪了挪身子。

中島介信步來到桌邊，幫他倒了一杯水。「恐怖攻擊。」

「恐怖攻擊？」嚴拓接過後立刻喝了一大口。

「詳細情形我也不是很清楚，聽他們說，好像是會場被放置了炸彈。還聽說，主辦單位在事前就收到了恐嚇信。現在各大媒體都在為可能隱瞞炸彈威脅一事對主辦單位窮追猛打。」

主辦單位是亞爾沃達斯集團，中島介任職的Circe小組隸屬於旗下子公司Baal，然而從他使用「主辦單位」一詞感覺起來，像是想和對方撇清關係一樣。不過對於某些講究邏輯、行事作風嚴謹的人來說，或許這本來就代表著截然不同的兩間公司。

「可以跟我說說爆炸時發生的事嗎？」嚴拓說著又喝了一口水。

「你沒印象了？」

「很模糊。」

「幸好。你朋友——那個記者朋友反應快。炸彈好像安裝在屋頂上，一爆炸，他第一時間大喊『快躲到桌子底下』。」

「杰瑞德啊……幹得好。」嚴拓咧嘴笑道，從玻璃杯前抬起那雙濕潤的眼睛。「你知道嗎？杰瑞德他，當過戰地記者。是爲了幫死去的曾祖母完成夢想——啊、這是我從他前男友那邊聽來的，你不要跟他說喔！」他瞇細雙眼，扳直食指抵住嘴唇。停頓片刻接續說道：「爲了幫曾祖母完成夢想，他離開了戰場，直到今天都沒有回去。」

「大家很快躲到桌子底下，因此玻璃碎開掉落時，並沒有人員傷亡。反而是站在舞台上的人，因爲沒有遮蔽物，就算及時反應過來，也很難毫髮無傷。」對於嚴拓的抒發，中島介顯得有些冷淡，他繼續描述事發當時的情形。「可是，你不一樣，你不只反應很快。」

「我……做了什麼嗎？」

「你抱住了你的秘書。所以你的後腦杓才會被玻璃碎塊擊中。」中島介皺起眉頭：「你眞的都不記得了？」

「大概是反射動作吧，跟拿槌子敲膝蓋一樣。」嚴拓自我解嘲。

「不對，槌子敲膝蓋是跟大腦運作無關的深層肌腱反射（Deep Tendon Reflex），但犧牲自己保護別人，或者任何看似本能的舉動，其實都是潛意識的表現。」突然發現什麼般，中島介凝望了嚴拓好一會兒，才又出聲道：「你是因爲知道自己笑起來很好看，才一直笑嗎？」

「我不知道自己笑起來很好看——」老實的嚴拓傻楞楞回答，接著又問道：「我一直在笑嗎？」

沒有回應，中島介轉過身，遙望著滿月。嚴拓看過去，錯覺那輪滿月宛如一個發亮的洞穴，而身形精瘦的中島介好似隨時都會掉進去。

「你剛剛說……」良久，中島介打破沉默。他深深吸一口氣，像做了一個什麼艱難的決定，停頓半晌才把未竟的說話延續下去：「你剛剛說，你那位朋友……杰瑞德，直到今天都沒有回——你爲什麼會這麼說？他說過想回去？戰場。」

「他沒有說過。但我知道，他很想。」

「那爲什麼——不回去？」

「我想，或許是因爲那是個一旦離開，就沒有勇氣回去的地方。所謂的戰地，就是這麼殘忍恐怖的地方。」嚴拓低垂雙眼，注視著被燈光照射成一片死白的被單。

「進入Circe以前，我是一名外科醫生。我曾經想成爲一名戰地醫生。」他側過身子瞄向嚴拓：「但是失敗了。在還離戰爭很遠很遠的地方，就失敗了。家庭因素，我爸媽不准我去。有了妻子和小孩以後，就更難了。有時候，我會想，自己其實一直在找藉口，一開始是爸媽，再來是妻子和兒子。」

「說起來，你會進入Circe工作，也是挺奇妙的。應該說，遊戲製作小組裡居然有醫生——我一直很好奇是怎麼一回事？」

「我也覺得很奇妙。」中島介露出若有似無的淡淡笑容，眼睛像是在凝視過於久遠的回憶般愈瞇愈細。「算是緣份吧？還是該說是陰錯陽差呢？最剛開始的契機，是亞爾沃達斯先生——馮昂．亞爾沃達斯的心臟移植手術。我是當時的主刀醫生。」他一面娓娓道來，一面往窗子愈靠愈近，大片落地窗經過材質改良，映照不出他的身影，讓外頭景色和裡面空間恍恍惚宛若連通成爲一體。「之後，亞爾沃達斯先生向我提出邀請，希望聘請我爲亞爾沃達斯家族的專屬醫生。我答應了，當然，他提出的條件讓人根本無法拒絕——一個月的薪水可以抵上一整年。至於再後來，你也清楚，遊戲安全和風險問題這幾年又重新受到重視，特別是在新技術和創新設備如雨後春筍出現後。『遊戲醫護』是前景看好的產業。不單單可以減少紛爭、降低訴訟成本，更重要的是：維護企業形象。你應該知道，這有多麼重要。對一個企業而言，形象等同於一切。」

「一切嗎……」嚴拓以中島介聽不到的音量呢喃著。

「老實說，這種事早就有不少公司在做，卻沒有一間公司像亞爾沃達斯那樣，爲此成立了一個部門，專門推動這方面的研究。研發部門設立在當時同樣剛起步的Yamm，短短幾年內便取得多項專利。接著，Circe遊戲製作小組成立，這個單位成立的初衷，就是鎖定在尖端科技與多媒體的整合應用。由於開發初期，運用的技術是彼時未臻純熟、還存在無論是身心健康問題抑或道德意識討論等諸多疑慮的『全身虛擬裝置』，因此乍看突兀，可是認眞說起來，醫療團隊的加入並沒有想像中那麼難以理解。」

「全身虛擬裝置」，Body Virtual Appliance，實際上，或許稱之爲「五環技術」（Five Rings）更直觀些。和從前的人對未來遊戲所抱持的想像不同——至少到目前爲止的科技還不是如此。「全身虛擬裝置」並不用把人裝進蛋型機器裡，也不必穿上把整顆頭全包裹住薄如蠶衣宣稱充滿未來感實則可笑的銀色連身衣。

簡單來說，眼下實現的「全身虛擬裝置」，結合了「智能手環」和「虛擬眼鏡」兩種概念：在四肢裝上智能手環，頭上套上宛如頭箍的圓環形虛擬眼鏡。

軟體的優化和硬體的簡化雙線並進，才是進步的證明。

至於中島介提到的身心健康問題以及道德意識討論等難解爭議，早已經是屢見不鮮的話題——時至今日甚至不能說得上是「新」聞。

人生哀歌，輟學少年沉迷遊戲，十七歲暴斃網咖！

詐騙集團新手法，網路遊戲儲值陷阱！

「數位」青春，情色手遊氾濫，不法集團利用未成年少女從事不法援交！

耽溺暴力遊戲，男子於列車持刀砍人，導致乘客五死十六傷！

媒體的墮落不光和網路的發達有關：不經查證的轉載、取用現成的圖片和影像或者到處抄襲拼湊出一篇上下文根本說不通的新聞稿——有時甚至連當事人都沒訪問過。每每發生事件，查閱相關人背景，一旦發現和動畫、漫畫抑或遊戲沾上些邊，便像是挖到寶似的大肆穿鑿附會。

對他們來說，沒有比無須經過思考的膝關節反射更省力的報導了。

如今大多數媒體人，不再能用「挖掘」來形容他們的工作。他們當然也有話想反駁，例如：爲那種案件花時間調查，也是一種社會資源的浪費，我們還不如把精力投注在更值得關注的地方。

「放屁！」當時杰瑞德說到這裡時忍不住粗聲吼道。

嚴拓一如往常在一旁靜靜聽他發著牢騷，接過他手中的啤酒，示意酒量不好的他不應該再喝了。

「都、都是藉口！會有那種想法的人，根本不在乎事情的本質——沒有養成追求眞實的習慣，就沒有辦法分辨眞實和虛構。你有見過這樣的記者嗎？沒有辦法分辨眞實和虛構的記者……你說這像話嗎？」

要我說啊——

「雖然我沒有辦法在戰爭第一線拯救那些無辜的性命，但是我想，也許自己還是能做到些什麼——好比，守護某些人的夢想。」中島介的聲音，將嚴拓從兩年前的夏夜裡拉回這個潔白乾燥的房間。這其實就是當時杰瑞德眞正想說的話吧？只是還來不及說出這些話，滿臉通紅的他便雙手一伸趴倒在桌上。

「守護……夢想……」

「你們製作遊戲的，最大的願望是什麼？」

「讓玩家開心。」嚴拓立刻答道，他睜亮眼睛直勾勾看著他，全力回應對方的眼神，打直手臂把自己的背撐得更筆挺。「就算只有那麼一瞬間也好，我希望，那些體驗我們遊戲的玩家，有那麼一瞬間能夠徹徹底底、全副身心投入我們所設計的情境、沉浸在我們想訴說的故事當中。」

「每個創作人最大的夢想都是這樣吧。」中島介的的聲音幽微，微笑看起來像是只沾了一點膠水，虛弱掛在唇角。

「應該是，不好意思，我的感想還挺普通的。」嚴拓說著搔了騷臉頰。

「不會。我是指——普通是普通，不過雖然普通，卻是很不容易達到的目標。所以我想做的，是去支持像你這樣的夢想。」

儘管說話直白，卻相當眞誠，不會讓人反感——至少對嚴拓來說。「這一點，在實際層面……是怎麼進行的？」嚴拓問道。他能感覺到，在中島介看似冷淡的外表之下，有著一顆熱血激昂的心，可是對他的言論，卻摸不著頭緒。

「在遊戲的同時，也能保健身體。」

「在遊戲的同時，也能保健身體？」嚴拓頭更偏了，連帶身子都要倒向一邊。

「儘管以下的說法對於你們所創造的遊戲，或許有汙名化的可能，請你理解——」開場白結束，中島介切入正題：「根據研究顯示，人的健康與否確實和科技有著緊密的聯繫，這方面參考了各國國民健康所屬機關的預算支出。而在所有持續發展、進步格外顯著的科技應用項目當中，又以影視和遊戲等娛樂產業爲影響大宗，無論從內容的多樣性到經濟規模。因爲娛樂產業目前所受到的限制——大多數都是被動式接收，基本上很難讓身體維持基礎的代謝率，更遑論肌耐力。再這樣下去，先不說各種慢性病發作的年齡層持續下降以及程度加劇影響幅度擴大……當然可能是天方夜譚，不過在我的想像中，未來人類說不定會不斷萎縮不斷萎縮下去。」

順著他的說法，嚴拓腦海中先是浮現了一個人，接著不斷變小不斷變小，最終失去「人感」（Human Cognition）[21]成爲彷若怪物的畸形肉團。

「因此，我們經過研發，升級了『五環』。『腦部環』（Head Ring）就不用說了，原本能夠達到『視聽觸』三覺模擬的『全身虛擬裝置』，就是由於『腦部環』對頂葉腦（Parietal Lobe）放電刺激。但在新

21 由德國學者耶拿・卜列文（Jena Previn）提出。

一代的『五環』裡，我們在搭載無線充電功能的其餘『四環』當中，同樣加裝可以放出微量電能的放電裝置。和『腦部環』不同，手腳部分的電能當然要高上一些，但此放電裝置對人體無害，而是一種類似電療的概念。」

「有醫療效果的設備，不用經過消費者同意嗎？」嚴拓提問。

「購買時的使用說明裡頭，都有詳細說明。」

現在購物的使用說明，基本上已經悉數電子化，隨時可上網閱覽。而一旦電子化，就表示有無限的空間可以使用，導致每樣事物的使用說明都變得又臭又長。諸如電風扇、吹風機甚至檯燈，隨便一樣電器用品的使用說明便高達二、三十頁。更別提這種尖端科技產品——恐怕不是一、兩百頁就能交代完的。

嚴拓時常想，眞正讀完這些使用說明的人，恐怕只有律師吧。

然而，這種趨勢在所難免，使用說明最重要的功用，並不是服務消費者，而是爲了避免法律糾紛，自然多多益善——畢竟這年頭什麼都有可能發生，一點闕漏破綻，便可能讓整個公司瞬間土崩瓦解。

「應該……不只這樣吧？」嚴拓對著中島介的身影緩緩吐出這句話。

中島介悠悠轉過身，背冷不防往後靠。剎那間，嚴拓的心臟重重撞了一下胸口，過於透明的玻璃，讓他以爲眼前這位深不可測的醫生下一秒就要摔落下去——不知怎地，他聯想到伊卡洛斯，旋即猛然想著可是伊卡洛斯明明是太靠近太陽被融化了翅膀，而此刻最亮眼的存在，是滿月。

不過認眞說起來，月亮的光，也是從太陽偷來的。

盈盛光亮的滿月，之所以缺乏眞實感，究竟是因爲其本身可能是虛假的？還是因爲得依靠著他者的能耐才得以證明自己的存在？

嚴拓的注意力不自覺又被更遠的滿月吸引了住。

嚴拓的想法並非荒誕無稽。人工月亮的討論已經不是一天兩天的話題——根據某科學研究單位顯示：月亮在二十年內可能毀滅。

百千年、甚至上萬年以前，人們一度認爲月亮遙不可及高不可攀，後來才知道，原來月亮只是地球的衛星，繞著地球打轉。早在約莫2010年，便有研究顯示，地球強大的引力雖然能保持月亮在地球周圍運行的軌道，但同時也會對月亮本身造成傷害。

月亮如果毀滅，將對地球造成許多影響：沒有潮汐，利用潮汐發電的國家將要向外尋求新的能源參與能源戰爭；地球自轉不再傾斜23.5度，四季將會消失；可能導致地震、火山爆發等大規模天災——最糟的情況是星體碎塊撞擊地球導致人類滅絕。

電影《時間機器》（The Time Machine）[22]就提到類似情節，人類爲了獲取資源並且企圖拓展殖民地，居然把腦筋動到了月球上，過程中開鑿不慎致使月球爆炸——想當然耳，地球首當其衝自食其果。

人類對月亮所抱持的情感十分複雜，從好奇（從而衍生出各種藝術）、畏懼（在一九六〇年代，爲了向蘇聯展示軍事力量，美國軍方曾經打算在月球上引爆核彈）、到如今渴望將其納入未來佈局的一部分（方才所及，相傳美國、俄羅斯、巴西和中國等幾個國家，紛紛提出建設人工月亮的計畫）——到了月亮眞正毀滅的那一天，誰能把新的月亮掛上天空，就如同當年第一個將火箭射往無垠太空的國家。

如此看來，另一波太空競賽或許在不久後的將來便會上演。

22 2002年上映，改編自英國科幻小說家H.G.威爾斯於1895年發表的同名小說，內容描述一位科學家藉由時間旅行機器來到西元802701年。

和各個領域相同，規模與層級不斷提升。

而創造和毀滅總是雙線並進的。

彷彿能聽到嚴拓心底的絮絮呢喃，中島介突然笑了一下。那是悄無聲息的笑容。

嚴拓的思緒從月亮瞬間折返回來，心中浮現*From Here To The Moon And Back*的旋律。

「你很聰明。」

「我從來不覺得。」

「這種人才是眞聰明。」中島介說道，不動聲色收起笑容，搓了一把眼睛，用佈滿血絲的雙眼盯著嚴拓。「從『五環』收集到的數據，心跳、血壓、肌肉反應等，會反饋到醫療中心。當然，那些數據全是不記名的。遊戲者的身心狀況會隨著遊戲的過程而進行一連串極爲迅速並且起伏不定的變化，倘若能把這些狀態進一步轉變成數字，量化經過分析，便能以此資料庫爲基礎，完善軟體和硬體的設計，全面達到『質』的提升。」

確實，有些製作團隊會招攬試驗者，也就是試玩者，蒐集其體驗遊戲時的各種生理反應——嘴上說不要，身體卻誠實得很。這種說法雖然老套，卻直指核心。很多時候，人的感想很難用文字或言語表達，即使表達了，也可能有詮釋上的問題。因此，對科學家而言，沒有什麼比數據更有效的工具。

而需要達到一定程度的準確率，必備要素就是蒐集足夠龐大的樣本。

唯有足夠龐大的樣本，才能接近理想中母體的常態分配。

「你認爲這種作法對嗎？」嚴拓之意，是指這種作法或許沒有觸犯法律，卻有道德上的瑕疵。

「爲了更多人的幸福，我想，是對的。」

之所以能回答如此迅速，並不是「不假思索」，而是已經深入思考過很長一段時間了吧——明明今晚才剛認識，嚴拓對這個男人卻有著這樣的信心。

又一次，中島介背過身去。

「不管從哪裡看，月亮都又圓又亮。」

「倒是沒那麼大了。」中島介的話讓嚴拓回想起在自己失去意識前從腦海閃過的念頭——那顆猶如虛假的滿月。於是不由得脫口說道。「你知道嗎？在很多神話裡，月亮都是由太陽變成的。而且往往是受傷的太陽。」

叮咚——

清脆但不刺耳的聲響乍然響起。

「嗯。開門吧。以多薩。」

這病房的智能看護叫作「以多薩」是嗎？嚴拓暗忖。

從自動門後探出一張熟悉的臉。是楊可珞。

一看到那張臉，嚴拓的雙肩垂了下來。這才發現自己一直緊繃著神經。

「聽到說話聲，想說您應該醒了。」楊可珞一踏進房間便解釋道。

她身後的門並沒有關上。

「聽到說話聲？楊小姐需要接受檢查嗎？是不是剛才的爆炸導致出現幻聽？從外面應該是聽不到聲音的。」中島介說著左手搭住右手胳膊，偏頭用食指指尖點了點自己的耳垂，隨即又轉換語氣瞄向坐在床上的嚴拓：「如果哪裡不舒服，再跟以多薩說，他會立刻通知醫護人員。」

「謝謝您，中島醫生。」楊可珞說道。

中島介眨了幾下眼睛權當回應，扭身從她面前走過，逕直往房門口踱去。跨出門時，他先是頓了一下停住腳步，朝走廊上的身影點了一下頭後才再度邁開腳步。

門依舊開著。

但嚴拓沒發現，專注凝望著呆站在房門口前的楊可珞。

「這個不會傳染。」嚴拓指了指自己綁著繃帶的後腦杓，自以爲幽默說道。

「下次不要再救我了。」

嚴拓聽出楊可珞話語中的弦外之音，可是故作若無其事，顧左右而言他咧嘴笑道：「說什麼救不救的，太誇張了，不過就是幾塊碎玻璃而已。」

「你知不知道你流了多少血？」

「我——」

「你當然不知道。你暈了過去。」不給嚴拓回答的機會，楊可珞緊接著說道。

「妳沒受傷吧？」嚴拓當然記得自己問過中島介，但一見到她，還是不禁想親口確認。

「沒有。」楊可珞促狹別過頭去，迅速抽了抽鼻子，轉回頭時已經恢復往日神情：「如果您現在身體和精神狀況許可，有人想見您一面。」

儘管身體還很疲憊，儘管不清楚要見的人是誰，但既然難得提出要求的她開口了——

嚴拓點頭。

楊可珞往走廊看一眼，俯身從桌上抓起水杯走向桌邊，剛持起水壺，人影從門外俐落閃進，宛如尾隨而入緊緊跟在自己身後的影子——而影子身後還有影子。

一男一女站在緩慢關上的門扉前，可能是錯覺，四方一旦封閉，空間被確立的刹那，會陷入一種微妙的寂靜氛圍當中。

男子體格魁梧壯碩，皮膚白皙，一張國字臉長滿雀斑，下顎方正，和那張充滿肅殺之氣的臉孔相較之下，那件新潮的亮銀色皮褲顯得有些突兀——等等，如果襯衫換成裸出胸膛的破爛衣裳、臉上再戴上鬼面具，不就是遊戲「劍爐」裡那名佯裝毀容的打鐵匠劍客嗎？

至於高大男子身旁的那名女人，則是今天才和嚴拓同桌共餐的泉春川紀子。她穿著長及膝蓋的灰色雙排鈕釦大衣——那是「星河列車」老列車長的裝扮。眼下自然已經脫下那頂滑稽的車掌帽，也撕下了灰鬍鬚。

果然沒看錯，今晚在活動會場上看到的人果然是紀子——不過……為什麼？她不是說自己想到戶外走走……怎麼會出現在那種場合呢？從頭到腳再一次打量兩人的裝扮，嚴拓想出答案。

「臥……底？」

男子擰開嘴，像是在嘲笑嚴拓的說法般，無聲笑了笑，從胸前口袋掏出證件：「國際刑警局，反恐對應組。」敷衍後，旋即收起。

「所以妳不是來渡假……是為了炸彈恐嚇過來的？」嚴拓望向紀子。

「這一點無法奉告。你也沒有知道的必要。」

「寇迪安比。」紀子喊了聲男子的名字，似乎要他注意自己的口氣，而後目光移到嚴拓身上：「我們確實是因為炸彈恐嚇過來的。先是收到恐嚇信的世界遊戲協會（WGA）通報美國警方，接著才是由國際刑警局接手全權處理。」

「國際刑警局之所以介入，是因爲爆炸案跟利伯馮騰格瑪和平會有關？」如果不是跨國的大型犯罪，國際刑警局是不會輕易涉入的。

「我們擔心有關。畢竟使用炸彈攻擊，是恐怖活動的慣用手法之一——」

「難保他們的激進派不會做出這種破事。」寇迪安比惡狠狠插嘴道。

「所以眞的是他們做的？」

「目前還在調查中。」紀子答道，並不是在敷衍嚴拓。

寇迪安比試探性瞄了紀子一眼，將雙臂盤在胸前：「有幾個問題要問你。」

應該是從爆炸發生後便立即展開各項調查，兩人連衣服都還不及換——嚴拓想著。

「用不著擔心。」

「我不擔心。我應該要擔心什麼嗎？」嚴拓始終注視著紀子，他說著抿出虛弱的微笑。

「不應該。只是一般人接受問話時，很容易緊張。」紀子也報以淡淡的笑容。

楊可珞捧著添了七分滿的水杯來到床邊，遞向嚴拓。他接過喝了一口。

「你剛剛說的是炸彈『恐嚇』，而不是爆炸『事件』，也就是說，你早就知道會場有可能會出現炸彈——爲什麼你會知道炸彈恐嚇一事？根據我們的調查，只有少數人，也就是WGA的高層才知道這件事。」寇迪安比開門見山問道。

「一位朋友告訴我的。」

「哪位朋友如此神通廣大——我沒有用錯成語吧？」寇迪安比話中帶刺。

「你中文很好。」嚴拓搖了搖頭，泰然答道。

早年，身爲國際刑警局的一員，語言能力是必要條件。英文、中文和西班牙文，近年加入俄文。這四種語言缺一不可——接下來就多多益善。也因此，寇迪安比和紀子此時都沒有配戴所羅門王之戒。

原本打算損一下嚴拓，沒料到對方居然順著自己的話回答。寇迪安比低聲「嘖」了一聲。

「那位朋友是……」紀子見狀插聲問道。

「杰瑞德．高芬。」嚴拓認爲沒有隱瞞的必要，事實上，自己認識的杰瑞德，恐怕會把這消息當作獨家搶先一步爆出……說不定已經有報導在網路上散播開來了。「他現在是一名自由採訪的獨立記者，我想如果你們去問他——事關眾人的安全，他會如實以告。」

「杰瑞德．高芬我們之後會處理。現在，回到正題，你有沒有和誰結怨？說白一點——有沒有人恨到想殺死你？」

楊可珞翻了個白眼。要不是嚴拓在，她眞想抄起水壺直接一把潑過去。

「我想，沒有。應該說，至少，我想不到。」嚴拓坦率回答，絲毫沒把對方的情緒化用語放在心上。彷彿心中有一座天秤，時常保持平衡感的他，總是能剝除多餘的事物，冷靜掌握其中的本質——對崇尚科技、奉邏輯爲圭臬的他而言，比起「如何表達」，「表達什麼」才是眞正重要的事。

「我們是在排除針對性。」紀子補述道。

「針對性？」嚴拓不解，咕噥了一聲。

「當時在整個會場裡頭，唯一沒有遮蔽物、最危險的地方——就是舞台。」紀子放慢語速說道。最危險的地方……是舞台。

今晚站在舞台上的人，有自己、可珞、那位女主持人——還有：「羅菲朗．亞爾沃達斯……」他不由自主呢喃道。

「他的確是最有可能的目標。」紀子對自己點了點頭：「如果眞的是這樣，那麼就幾乎能鎖定今晚炸彈攻擊的主嫌，是利伯馮騰格瑪和平會。」

「主因是抗議亞爾沃達斯集團和軍方掛勾，參與到戰爭當中嗎？」楊可珞試圖推測。

嚴拓握緊手中水杯，如鏡水面細細晃動：「如果這個假設能成立……可是……我不懂，爲什麼非要選在這種場合不可？跟『滿月嘉年華』有什麼關係？」

「可能和愛沙尼亞近來的內亂有關，據說是美英兩國在背後下指導棋——」話音未落，寇迪安比又逕自補充道：「挪威似乎也參了一腳。」不自覺放低了音量。

2025年，波的尼亞灣戰爭爆發，北歐等國態度逐漸轉變，以各種方式參與到國際戰局之中，不再置身事外。

「在這裡引爆炸彈，既可以重創亞爾沃達斯集團的形象，也可以向出席活動的美英兩國國防部長示威傳達不滿的情緒。」紀子承接著寇迪安比的話做出總結。

「我想……你們應該早就有定論了吧？」嚴拓抬起眼，定定看著紀子：「早在踏進這間病房以前——」

像是助上一臂之力，楊可珞也跟著看過去。

紀子是找藉口來探望嚴拓。

這一點，包括寇迪安比在內也心知肚明。

「該走的調查程序還是得按部就班進行，貿然下定論是大忌。」心虛似的，承受兩人目光的紀子說著，別開了視線。

「既然這裡問完了，我們走吧，偵查會議差不多要開始了，我想快點把這件褲子換掉。」寇迪安比皺起多肉飽滿的鼻頭，略微俯身搓了搓被貼身褲管勒得緊繃的大腿。

「也對，明後兩天還有一大堆事要忙——先走了。」紀子朝兩人輕輕點了個頭。

「雷恩！」門才剛打開一道縫，聲音便急匆匆鑽了進來。

悶著頭一逕往房內衝的杰瑞德，差點迎頭撞上寇迪安比——兩人倒抽一口氣的同時踉蹌後退半步，動作侷促。

紀子反射性伸手貼住寇迪安比寬厚的背部，從他身後探出頭來，好奇打量著眼前這位英國紳士。

「雷恩，你沒事吧？真的很對不起，我剛剛得先去採訪——這可是大新聞！」一見到嚴拓，杰瑞德表情立刻亮了起來，他雀躍喊道，整個房間都是他的聲音。

沒有道歉，杰瑞德撇了撇嘴，覺得擋路似的，搭住寇迪安比的臂膀將他一把撥開。

「採訪？」紀子聽到關鍵字，停下腳步。

反應過來的寇迪安比也猛地煞住，他扭頭望向杰瑞德，瞪眼直瞅：「我記得你……你就是爆炸時，第一時間叫大家躲在桌子底下的人……你就是杰瑞德．高芬？」

「對啊，你誰啊？」

「他們是警察，國際刑警局。」楊可珞說道。

「我們有問題想問你——」

「自己去讀報導吧，我都寫在裡頭了。」

「你——」

「先走吧，反正之後再問也一樣。」碰了碰寇迪安比的肩膀，紀子緩頰道。

兩人離開房間，門關上時，寇迪安比又看了杰瑞德一眼。但杰瑞德根本沒把對方放在眼裡。

「我不喜歡警察——基本上，我厭惡任何組織。還有，那大塊頭的五官也未免太粗糙了吧？」

「不要做人身攻擊。」楊可珞瞪著他，話鋒忽然一轉：「炸彈攻擊……你到底是怎麼知道的？」

「商、業、機、密。」

楊可珞沒有咄咄逼人追問，只是貓一般靜靜瞄向嚴拓。

杰瑞德望著綁著繃帶的嚴拓，緩緩走過去，在床邊的椅子坐下：「我也不知道那個人是誰。是一封沒有署名的訊息。大概在一個禮拜前收到的。」爲了證明自己沒有說謊，他垂頭對著智能指戒低喃幾聲，打開信箱，傾身湊向嚴拓：「這也是這次我來參加滿月嘉年華的原因之一——因爲在今天以前，利伯馮騰格瑪和平會並沒有對外透露要進行大規模抗議活動的消息。如果早點放出風聲的話，媒體數量恐怕是現在的一、二十倍。畢竟一旦牽涉到恐怖攻擊，就已經不只是娛樂產業的範圍，而是國家安全的等級了。」

楊可珞推了一下眼鏡：「被你這麼一提，我才忽然想到，如果……如果利伯馮騰格瑪和平會眞的是炸彈案主謀，不是應該像你說的那樣，早點放出風聲，這麼一來，就能把焦點統統吸引過來，將他們的理念更有效率地宣傳出去——」

「就好比他們想在飯店外頭堵雷恩好搶登上頭版一樣——」

「所以利伯馮騰格瑪和平會不是炸彈案主謀——」

三人默契極佳，你一言我一語接續說道。

「可是，如果不是利伯馮騰格瑪和平會，那會是誰呢？」嚴拓掐著下顎陷入沉思。

「這是警方該去煩惱的！說眞的，我也沒想到居然會眞的發生爆炸案——甚至剛剛聽到爆炸聲時，我都還覺得像一場夢。」

「會是傳訊息給杰瑞德的匿名者嗎？」楊可珞說話的語氣彷彿把杰瑞德當作空氣。

「我認爲可能性不大，如果眞的是同一個人，爲什麼恐嚇了WGA以後，還要再知會杰瑞德？」嚴拓垂眼注視著潔白的被單呢喃道。

「欸欸欸，我人還在這裡好嗎？」杰瑞德沒好氣說道，握拳敲了敲自己的肩膀。

「說不定是那個人發現WGA居然不打算停辦『滿月嘉年華』，所以想藉由媒體人爆料所造成的社會輿論來對他們施壓。只是沒想到，杰瑞德並沒有這麼做。」

「收到訊息後，我私下和WGA會打聽過，知道他們也收到了炸彈恐嚇後，我就決定不插手這件事，當個純粹的觀察者。記者的鐵則，就是『不涉入事件本身』。」杰瑞德雙手拄住膝蓋，打直腰桿。

「即使那個事件會造成人員傷亡？」楊可珞斜睨著他。

「我說過，收到消息後，我已經向WGA確認過了。無論他們決定怎麼做，都會成爲歷史的一部分。『記錄而不成爲記錄的一部分』，這是我的原則。」杰瑞德態度堅決，一反方才吊兒郎當的模樣。

「我稍微整理一下目前得到的資訊……這起事件中，有三個角色，分別是：威脅協會的人、放置炸彈的人和知會杰瑞德的人。可以先確定的一點是，威脅協會和放置炸彈的是同一個人——至於威脅協會和知會杰瑞德的人，照理說，應該是不一樣的。因爲威脅協會的人如果想把事情鬧大，乾脆直接將訊息發送出去就好了，何必全賭在杰瑞德一個人身上。」

「威脅協會和放置炸彈的也可能不是同一個人——雖然機率不大，但也不能馬上排除這種可能性……」嚴拓抬眼依序看了兩人：「我總覺得這件事……沒有那麼簡單——尤其是那個知會杰瑞德的人，究竟想從當中獲得什麼？不曉得還會不會發生什麼事……」

「不一定是一個『人』吧——我認爲『組織』參與的可能性更大。總之，現在可以確定的是，至少有兩個以上的組織和這起爆炸案相關。」

楊可珞帶著疑惑的眼神瞥向嚴拓，稍稍提高了音調：「您剛剛說……還會不會發生什麼事……是什麼意思？難道『滿月嘉年華』還打算繼續進行下去？」

「滿月嘉年華」是爲期三天的盛大活動——首夜、續夜和終夜，分三天頒發各領域獎項。第一天是開幕典禮與手遊獎，第二天是科技創新獎，第三天則是跨平台遊戲獎與閉幕典禮，公開新年度主視覺宣傳的同時，也預告明年典禮的主題。

「羅菲朗．亞爾沃達斯不是也受傷了？」楊可珞來回看著嚴拓和杰瑞德。

「你猜得沒錯。」杰瑞德衝著嚴拓咧嘴一笑，接著瞄向嘴巴還沒闔上的楊可珞：「手臂一點小傷而已，還是自己撞到柱子的——那傢伙溜得快，主持人受的傷都還比他重。」

「已經對外發表正式聲明了？」楊可珞追問道。

「在你們接受『偵訊』時，記者會已經結束了。」杰瑞德不知道從哪裡掏出一罐易開罐咖啡，喀一聲扳開，灌了一大口。

「他眞的決定辦下去？」

杰瑞德用手背擦了擦嘴角：「事前收到了恐嚇信，卻還是執意舉辦這個活動——妳覺得羅菲朗．亞爾沃達斯像是會向別人低頭、像是會妥協的人嗎？」

「難道都沒有人抨擊他的作法嗎？警方，或是這次也有出席的軍方——網路上現在應該已經鬧翻了吧？」

「風向很微妙。」

「還有什麼好微妙的？這極有可能是恐怖攻擊。」

「出現一種論調——認為愈是這種時候，這種活動才應該要堅持辦下去。大概是一種『一旦向恐懼妥協，就再也提不起勇氣』的概念吧。」杰瑞德顯然對這種說法嗤之以鼻，仰頭將剩下的咖啡咕嚕咕嚕喝完。

「就算他一意孤行，也不會所有人都跟著他發瘋吧？」

「難說喔——妳可不要小看羅菲朗．亞爾沃達斯，他比妳想像中更狡詐，況且……」

「況且什麼？」

「況且妳沒看到今晚的月亮——」伴隨曳長尾音，杰瑞德手指了出去：「又大又圓，是滿月。」

「然後呢？你到底想說什麼？」楊可珞一臉「拜託你不要浪費大家時間」的表情。

「不是都說滿月的時候，人最容易失去理智、陷入瘋狂嗎？英文『Lunacy』源自於拉丁文『Luna』，指的就是『月亮』。」

「我眞後悔浪費時間聽你說話。」

杰瑞德爽朗笑出聲來，他一向喜歡楊可珞說話夾槍帶棍的直腸子性格。「不過啊……羅菲朗．亞爾沃達斯雖然卑鄙陰險、道貌岸然、再加上目中無人，這次卻有兩個失算。他第一個失算就是——」只見他忽然神情一變，瞇細眼逼近病床上的嚴拓：「頒獎給你。」

「你不喜歡『小小小雪人』？」嚴拓的表情看起來很委屈。

「我問你，你有看到星星嗎？」

「星星？」楊可珞的反應像是第一次聽到這個詞彙。

「對啊，星星。」

楊可珞望向窗外。還眞的有不少星星。眞奇怪，在杰瑞德提起之前，居然沒發現。

「今晚的夜空，有星星喔！一直都有——只不過，我想，除了那顆大大的、柳橙般的滿月，應該沒多少人注意到周遭的星星。」

楊可珞聽懂了。

嚴拓當然也是。

「那第二個失算是什麼？」

「不管是巧合又或者存在針對性，總之，好死不死，炸彈竟然在那時候爆炸了——你們想一想，明天，不對，用不著等到明天，應該已經報出來了，關於今天典禮上的事，『我們』媒體人會怎麼報導？」

HF工作室總裁，遊戲界寵兒嚴拓捨身救人！

不僅僅是嚴拓本人的知名度獲得提升，連帶HF工作室也跟著登上各大版面——而這次報導和先前幾回有著決然性不同的地方在於，此次事件的性質複雜，牽連層面甚廣：國際、社會、政治、娛樂，甚至財經……是橫跨各領域的新聞，影響力自然不可同日而語。

「不過，也不至於因為被搶了鋒頭，就對他懷恨在心吧？」

「懷恨在心是一定的，說不定未來還會在工作上刁難你們。」

「大不了不合作就是了——」楊可珞脫口而出後，才意識到自己不是老闆，連忙揑住噘起的嘴唇。

「可珞說的沒錯，我們也沒必要一定要和他們合作。如果他心胸眞的這麼狹窄，我們不是時時刻刻都要戰戰兢兢的嗎？」

「這就是所謂的『小廟供不起大佛』！」

「你欠揍嗎？」

嚴拓和杰瑞德相視，同時笑出聲來。

「我想不通，怎麼會發生這種事？」嚴拓突然收住笑容。

他問的是「怎麼會」，和方才討論的「為什麼」有著截然不同的意義。

「剛剛在外頭等的時候，我也想過這件事。」

「會場不是澈底檢查過了嗎？我記得妳說過，連屋頂也檢查了。」

「沒錯，整個會場，每個地方都有兩組以上的小隊檢查過，除非裡頭有內賊——但我認為可能性不大，他們不可能掌控這麼多人……所以我也還想不通……」

杰德瑞用力咳了兩聲。

「少裝模作樣，我不會拜託你，我知道你自己很想說。」

被看穿了——杰瑞德倒也爽快：「熱氣球。」

「熱氣球？」

「港口那邊，不是可以租借熱氣球嗎？」

「熱氣球環島」是維齊洛波奇特利島的著名玩法之一。

「把炸彈放置在熱氣球裡……」

「那裡面的人怎麼辦？」

「熱氣球裡面，沒有人。」杰瑞德答道，將手中的罐子捏扁，身子往皮革椅背一靠，雙腳大剌剌岔開。「熱氣球出租店有提供送禮服務，好比求婚——之前就有客戶委託他們將戒指盒藏在絨毛玩具裡頭，讓熱氣球將絨毛玩具送到指定地點。」

「你從哪裡得到消息的？有關犯罪手法，為了避免有心人士利用、模仿，警方應該不會對外公開細節。」楊可珞走上前去，像審問犯人一樣垂眼瞅著杰瑞德。

「想必查不到資料吧。」嚴拓將焦點拉回案件本身。

「對，隱私權雖然在概念上變得和一、二十年不大一樣，但在某個角度上來說，反而得到了另一種重視——這又是另一個話題了，反正現在很多店家都有提供匿名服務，基本上，只要有收到錢，其他的事他們理都懶得理。」杰瑞德趕蒼蠅似的擺了擺手：「這次事件發生以後，恐怕會制訂新的法案吧！」

「這本來就是他們該承擔的風險成本。」楊可珞冷冷說道：「總之，我現在就去把機票改成明天。明天早上我們就離開這裡，離開這座島嶼。」

「可珞。」嚴拓喊住正準備轉過身的楊可珞，定定注視著她：「我要留下來。」

「可是——」

「這是我的決定。」

6

才剛套上睡袍準備躺上床，耳畔便響起費莉西雅的聲音：「嚴先生，有訪客來訪。是溫絲．古爾欽博士。」

嚴拓來到房門前，門一開，溫絲冷不防從門後彎身探出。穿著綠色圓點睡衣的她古靈精怪快速眨了眨眼睛，往房內瞄了瞄：「你睡了嗎？」

「還沒、還沒睡……古爾欽博士這麼晚找我有事嗎？」由於今晚的爆炸事件，對於溫絲的突然造訪嚴拓顯得有些不安。

難不成又發生什麼事了嗎？

「沒什麼、沒什麼……也沒什麼事，我可以進去嗎？」隨口敷衍幾句，還沒等嚴拓回覆，溫絲已經擠進房裡。「還有，叫我溫絲就好——」雙手提著袋子的她渾圓身軀細細左右搖擺，往房內掃視一圈，扭頭衝著他咧出上排牙齒：「還好，我還擔心打擾到你，說不定有女伴什麼的！」她毫無顧忌說道，笑起來的模樣一點也不像是四十多歲的女人，宛如撒了無憂無慮的童真亮粉似的整張臉煥發光采。

「沒有女伴。」門在嚴拓身後悄無聲息關上，他搔了搔臉頰回應。

沒有女伴——但他倒是想念起Space了。

Space是「空白」也是「太空」，更是他養的俄羅斯藍貓，出差參與滿月嘉年華期間託朋友照顧——當然並不是無償照顧。

「幫你壓壓驚！」溫絲一面說道，一面搖晃雙手提著的環保袋。

「壓驚？」覺得頗有意思，嚴拓稍稍伸長脖子往袋裡瞧。

溫絲踩著小碎步快步來到窗邊的銀色方桌，將袋子往上頭一倒，一包包軟糖啪啪啪啪骨牌似的堆疊在一塊兒：「來，吃軟糖壓壓驚！在我們老家那邊，有吃軟糖壓驚的習俗。」

「吃軟糖壓驚——這麼特別？」嚴拓抓起軟糖，顏色繽紛種類各異。

「開玩笑的！是我女兒愛吃軟糖，每次只要我出門，她都要我去找找有沒有什麼特別的軟糖——李璇來過了？」看到桌上那把直挺挺束在琉璃花瓶裡的百合花，她問道。

「妳怎麼知道？難道……這不是普通的百合花？」

「我不知道百合花有沒有分普通還是不普通——因爲剛好三十一朵。該說是迷信，還是說強迫症呢……李璇送花時，會送和自己年紀一樣的數量。」

「很特別的習慣，很有個人風格。」嚴拓不以爲意，說著輕輕擺了擺頭，在溫絲右手邊的單人沙發坐下——背對著大片透明落地窗的他，像是坐在斷崖邊緣。「李小姐沒有來，花是請飯店人員送來的。還放了張小卡。」

他將立起倚靠著瓶身的小卡翻開，溫絲接了過去小聲唸道：「早日康復。」旁邊還畫了一隻小貓。俄羅斯藍貓。嚴拓曾在一些訪問中抱著Space合照。她將小卡折起，小心翼翼放回原處。

「明天要好好謝謝李小姐呢！」嚴拓說著扭開瓶蓋：「白蘭地？」

溫絲俯身將杯子推到嚴拓面前，他往裡頭注酒。琥珀色酒液象徵時間和金錢，這是頂級的白蘭地。

「我中文還行吧？」

璇。」

「老公教的？」

「老公。還有小璇。小璇的中文比我老公好多了，他搬到美國後幾乎不說了——啊、小璇，就是李璇。」

「我知道。」嚴拓說著笑了一下，接著又說道：「中島醫生的中文也是向小璇學的吧？」

溫絲用力點頭，也跟著笑，然後喝一大口酒。

「你們感情眞的很好。能學到這種程度，代表你們花了很長的時間相處。我說的是……認眞相處。現在一般合作，不管是商業還是藝術，根本不會從語言學起，畢竟太不符合經濟效益了。這樣的組合——你們才是眞正的teamwork。」嚴拓有感而發說了一長串，語末，向她舉杯致意。

「謝謝你。」

「謝謝妳。」

兩人相視而笑。

「對了……其實，不只是小璇，阿介也很關心你，發現你受傷時，他是第一個衝到你身邊的——第一個當然是你那位記者朋友，他似乎有很經驗，立刻脫下襯衫緊緊摀住傷口止血。」和嚴拓方才感受到的一樣。溫絲這般說話的口吻像是兩人的大姊，不難想像他們這段時間合作累積出來的信任感——像家人一樣。忽然，她發力握住佈滿小片菱形、好似馬賽克磁磚般拼貼而成的玻璃杯，壓低後頸啜了一口：「阿介他這人雖然看起來有些冷漠、不容易親近，但其實他挺欣賞你的。」

「我知道他沒有看起來那麼冷漠，不過……欣賞我——這我就不清楚了。」跟著啜飲一口，嚴拓偏著頭笑道。

「你以前還在The One時，不是開發了一系列結合了人工智慧的醫療機器人？」

「嚴格來說，那階段的成果，還只能算是『半人工智慧』。更細微的操作和重大決策，仍然得由人類執行。只要是必須依賴人類判斷——哪怕只有一點點，在我看來，都不能算是完整的人工智慧。」

「話說回來，我穿這樣會不會太隨便了？感覺好像突然跑到嚴肅的話題去了。」溫絲拆開包裝，捏起「艾菲爾鐵塔」塞入嘴裡，大口咀嚼起來。

那是名爲「世界建築系列」的軟糖——沒記錯的話，淺棕色的「艾菲爾鐵塔」是咖啡拿鐵口味。

「不用介意——吃宵夜就應該這樣。」嚴拓笑著，也往自己睡袍的衣襟拉了拉。接著接過溫絲遞過來的袋子。他選了又名「懸園」的「空中花園」。「空中花園」相傳乃是新巴比倫王國尼布甲尼撒二世，爲王妃安美伊迪絲特地建造，是至今唯一一個無法確定遺址所在的世界舊七大奇蹟[23]——其希臘文paradeise原爲「梯形高台」之意，而後演變爲paradise，譯爲「天堂」，反而更符合一般人所抱持的浪漫想像。

大概是配合該建築本身的種種未知與故事性，並且試圖在食用之外賦予樂趣，廠商沒有對外公開「空中花園」口味的配方。有英國實驗室對此做了研究，發現是使用從上百種植物中提煉萃取出來的物質調製而成的——至於各成份的比例則依然是個謎。

身爲《哈利波特》系列瘋狂擁護者的楊可珞曾經嚷嚷道：「這根本就是抄襲柏蒂全口味豆（Bertie Bott's Every Flavour Beans）嘛！」

「Good choice。」

---

23 2007年曾出現世界新七大奇蹟的版本。

「吃了好幾次，還是無法形容這種口味……」嚴拓嚼了嚼，吞下後眼神忽地一歛，渾身散發出一股強烈的氛圍，宛如沉入水底般周遭陷入一片寂靜：「抱歉，不是想掃興，只是我實在忍不住，古爾欽博士此刻就坐在自己面前——」

「還穿著睡衣。」溫絲發現自己的聲音變得格外清晰，彷彿每吐出一個音，身體就扎扎實實跟著震動一下。

「對，還穿著睡衣。綠色圓點睡衣。」嚴拓接龍似的說道，卻沒有笑。

倒是溫絲笑了，從袋裡又捏出一顆軟糖——這回是米白色的「救世基督像」。煉乳白巧克力口味。她一口咬掉基督像的頭部，先是被甜到閉緊眼睛，下一秒猛地睜大雙眼直勾勾盯住嚴拓，露出「你繼續說」一臉興味盎然的表情。

嚴拓替兩人重新斟滿酒，緩緩說道：「雖然現在可能很多人都不曉得，但我知道，您曾經在ＮＡＳＡ（National Aeronautics and Space Administration ）位於休士頓的林頓．詹森太空中心（Lyndon B. Johnson Space Center）擔任過研究員。」

「你說的對。」溫絲握住酒杯，沒有立刻持起，而是抬眼瞄向嚴拓：「當時我負責的項目是太空人培訓，之後也曾經參與過朱諾號（Juno）探索木星（Jupiter）的計畫。」

「太空人……浩瀚無垠的宇宙……那是我小時候嚮往的工作——我養的貓，就叫作Space。但我天分不夠，那樣的地方，不是每個人都有辦法去的。」

「我養的狗叫作Cookie。這樣你知道我的夢想是什麼了吧？」

兩人相視而笑，同時舉起酒杯，往半空中兜了一下向彼此致意。

「太空科學家、外科醫生、繪本作家——你們三人的組合，是非常特殊的跨界合作。這種合作方式，或許是未來值得開發的方向。」嚴拓一面說道，一面轉動著手中的玻璃杯，映照在他臉上的碎光水波般輕盈搖晃：「不過……我還是感到很好奇，您爲什麼會離開那裡？探索宇宙、挖掘太空的奧秘，一直以來都是您的夢想吧？我指的是和烘焙、甜點完全不一樣——關乎到『自我實現』的夢想。」

「首先，不要再對我使用尊稱。我覺得我們可以像朋友一樣交談。」

「I apologize。」

溫絲短促一笑，嚴拓似乎覺得害臊，低頭啜飲，臉都快浸到杯子裡頭去了。

「開一間麵包店的確是我的夢想，不過，你又說對了——」溫絲突然停了下來，踟躕半晌才又發聲：「其實好奇的人，不是你吧？我不認爲嚴先生對太空有這麼大的興趣——人工智慧、機器人，然後是遊戲，嚴先生喜歡的，應該是人。」

嚴拓起身，走向擺在房間另一側的書桌。

他拉開抽屜，從裡頭拿出一本書。他走回方桌前，將書遞到溫絲面前。封面是一張黑白人物照——是溫絲。更精確來說，是年輕時的溫絲。

「妳也說對了。剛剛說的，是我朋友的夢想。他曾經接受過太空人訓練，可是不幸被刷掉了。後來，他在書店看到這本書——他跟我說，這是當時訓練他的科學家之一。」嚴拓搔了搔臉頰，細聲說道：「我原本想在典禮最後一天，等你們領完獎後再請妳簽名。」

「我的天！你朋友居然有這本書！早就絕版了——我自己一本都沒留。」溫絲翻了翻旋即闔上，垂眼和照片裡的自己相互凝望著：「好年輕啊……那時候眞的好年輕……也太不懂事了。」她深深吸了一口氣，嘆息般緩緩吁出。

「不懂事……是後悔出版這本自傳嗎？」

「說起來也是因緣際會。」溫絲沒有正面回答嚴拓的提問：「是我讀博士時的指導教授建議我出版的，他知道我沒事喜歡寫寫東西……他認爲，對於當時對太空不再存在嚮往和想像的社會氛圍，這本作品說不定能引起什麼效果——事實證明，根本沒有太多迴響。比起一個名不見經傳的人出的自傳，還不如一部Top Gun[24]要來得有效！所以說影視化眞的太重要了！以前如此，現在更是這樣。」

「Top Gun，那是什麼？」

「比老電影更老的電影——當我沒說。」溫絲莞爾一笑，將書擱在桌上。

「妳會後悔嗎？」

「後悔？」溫絲眼底掠過一抹詫異。下意識揪起的眉頭似乎是在問眼前這個男人：爲什麼一直在追問自己後不後悔？

沒有察覺溫絲的想法，嚴拓自顧自說道：「我記得聽我朋友提過，妳差不多是在2025年左右離開NASA的，印象中，大概也是從那時候開始，沉寂好一段時間的航太工業有復興的跡象。至少由於各國的競爭從有限的地球擴展到宇宙……一種著眼於『目前看不見的未來佈局』——『光年佈局』，正日漸成形。」

「當然——不後悔。」面對這個問題，這一次，溫絲想也不想便答道：「應該說，就是因爲當初看

24 1986年的電影，台灣譯為《捍衛戰士》，當年曾經引發空軍從軍熱。

到了那種可能性，我才會毅然決然離開那種環境。況且，那時候我們也剛好領養了莉莉卓薇爾。今晚宴會上，你看到照片的時候應該就知道了吧——她是我領養的。」

「笑起來很燦爛的女孩。」嚴拓說道，同時在心底琢磨著她方才給出的答覆——因爲當初看到了「那種」可能性，我才會毅然決然離開「那種」環境。

一旦細想那些「那種」背後即將帶來的種種影響，嚴拓就感到不寒而慄。無數國家基於各種理由結盟、看似多元化合作的表面底下，是以極其脆弱且微妙的關係勉強聯繫著的。而當中絕大多數，是恐懼——沒有比利用恐懼來維持平衡更絕望的事了。

「嗯！很可愛吧！我的女兒……」溫絲明亮的聲音宛如曙光一樣暫且將嚴拓心裡的陰霾驅散開來，她打直雙手，抵按住膝蓋用力點了個頭，動作有著少女的青澀感。「在莉莉卓薇爾進入我的生命之前，我每天都在太空中心沒日沒夜工作，不要說沒有私生活了，當時身體差不多都要壞光了……再這樣下去，大概也會和老公離婚吧。要是連同樣身爲科學家的老公都無法理解我體諒我，那麼恐怕我就注定要孤單一輩子了——所以知道我領養莉莉卓薇爾時，常有人說我給予了那孩子她作夢都想不到的人生……其實根本不對……錯得、錯得太離譜了……是莉莉卓薇爾，是那孩子拯救了我。」

出乎意料的告白，溫絲突然湧上的情緒，讓嚴拓一時間不曉得該如何回應。

言語從口中流瀉而出的同時，飽滿的心情也跟著溢出眼眶。

嚴拓益發手足無措了。

「不好意思，我也不知道爲什麼……說著說著竟然就哭出來了——明明是自己經歷過的一切，再回頭看一次，原來還是會有一些不同以往的想法。」

嚴拓從袋子裡掏出一個軟糖，手伸到她面前攤了開來。

是如今已不復存在的古夫金字塔（Khufu），於三年前的非洲十月六日城（6th October City）政變中被插手干預的巴西政府毀滅。

「這就叫作『感慨』吧？」

「感慨？」溫絲嘀咕著，將軟糖輕巧包覆在掌中，握住後隨即抽回手，往嘴裡一扔大口咬著。「終究是科學家，我們不感慨的。我們檢討、修正。就是不感慨。」像是想強調什麼般，她又重複了一次。

我們檢討、修正——

「對了——」溫絲匆匆用掌心抹去臉上蔓延成河系的晶亮淚痕——之後吃起軟糖，應該是又甜又鹹吧。「我這邊也有——」說著，手冷不防戳進睡衣口袋，從裡頭抽出一張照片。是剛剛在宴會上兩人的合照。將照片遞出去的同時，她附上一支筆。

「這才是妳的目的吧？」嚴拓笑著接過，扳開筆蓋，朝桌上的自傳努了努下顎：「這個也麻煩妳了。」

溫絲從桌上筆筒抽出筆。兩人垂頭各自簽名。

「請幫我謝謝妳女兒——莉莉卓薇爾，謝謝她喜歡『小小小雪人』。」

溫絲收下照片，按在胸口好一陣後才依依不捨似的收回口袋，而後雙手捧起那本書，交還給嚴拓前，又定定看了黑白照片裡的自己一眼。地點是麻省理工學院（Massachusetts Institute of Technology）的Simmons Hall，當時還是學生宿舍的Simmons Hall如今已經拆除。從同學那裡得知消息時，她這才意識到自己某部分的生命原來澈底結束了。

「你朋友現在在做什麼?」
「他在學校教書。」
「眞好。雖然身爲前太空科學家這麼說可不大恰當——但我認爲你朋友現在做的事,比起待在隨便一個零件幾乎等同於一間學校一整年教育預算的研究室,要來得有意義多了。」
對於溫絲等同於否定自己了前半生努力的發言,嚴拓再度不知道該如何回應。
「我認爲,有不同的意義。」嚴拓給出這個答覆。
在他的想法裡,「一件事的意義」和「一個人的犧牲」相同,無法,也不應該量化比較的。
「不同的意義啊……」
「好像說了什麼大言不慚的話。」他偏著頭,一臉害臊說道。襲上的酒意讓他的臉頰更紅了。
「害怕。」
「害怕?」溫絲冷不防吐出的話語,令嚴拓頓時停下輕輕搖晃杯子的手,下意識重複了一聲。
「你剛剛問我會不會後悔,我說不後悔,是眞的。現在說害怕,也是眞的。」
「害怕……什麼?」
「說出來你一定會覺得很蠢——」
「我保證不笑妳蠢。」他舉起手發誓。
「我害怕進步。很可笑吧?明明是科學家,卻害怕進步。」
很奇妙,嚴拓立刻明白了溫絲想傳達的意思。
「人類的進步,來自於發明。」

也就是說，溫絲害怕的，是發明——

「認眞想起來其實不算是很久遠的歷史……聽過太空開發競賽吧？第二次世界大戰後陷入冷戰的美蘇之間的角力——所有太空開發競賽，實際上，統統是軍備競賽。你永遠不知道今天的發明，會不會成爲明日的武器。」說到這裡，溫絲停頓了一下，挑眉看向嚴拓：「知道火箭和導彈的區別在哪裡嗎？」

嚴拓搖了搖頭。

「乘載的東西。兩者運作的原理幾乎完全一樣，只是導彈裝載炸彈。而火箭，搭載的是人造衛星。」

「這區別聽起來跟人類一樣。」

「被你這麼一說，好像就沒有那麼悲觀了。說眞的——你身上是不是有什麼魔力啊？」

「要是有就好囉！」

嚴拓說著噗哧一笑。溫絲也爽朗笑出聲來。

「我差不多該回去了，不好意思，你受了傷，應該要多休息——啊、還拐你喝酒！」溫絲敲了敲自己的額頭。

「是我拐妳。」

溫絲聞言爆笑出聲，音量比之前更大，連忙摀住嘴，像是怕吵醒費莉西雅似的。

嚴拓接著說道：「不用介意，和妳聊過天後，反而放鬆了不少。身心都是。」這是眞心話。

「那就好，別再讓人擔心了。剩下的軟糖就交給你了——」溫絲按住扶手支撐起身子：「我要是再吃下去，回去又要被那孩子念了！這一年我胖了快四十磅。」

「我覺得這樣很剛好。」嚴拓送她來到門邊。

「你真的很溫柔。」溫絲柔聲說道，嚴拓別開視線，手不曉得該往哪裡擺。「對了，我可以再問一個問題嗎？最後一個問題。」伴隨著她突然變得沙啞的聲音，他撇回頭望向她，只見對方正專注凝視著自己。有那麼一瞬間，嚴拓認爲不是簽名、也不是軟糖，這才是她今晚來找自己的眞正原因：「你爲什麼離開The One？」

這個問題，讓嚴拓的後腦杓隱隱作痛——是麻醉藥開始退了嗎？

「和妳一開始提到的機器人有關。那時開發了好多種機器人，當中比較爲人所知的大概是醫療機器人、建築機器人、性愛機器人……再來，就是Mot——妳聽過嗎？」

「很耳熟……不過我現在想不起來。」用智能指戒一查就知道，但溫絲想聽他親口說。

「Mot的另一個名字妳應該更熟悉——殺人機器人。」嚴拓皺起眉頭說道：「台灣政府向The One提出合作，希望能夠研發出結合人工智慧的機器人投入戰爭——表面上是台灣政府出面，然而實際上卻是來自美國、巴西、法國和紐西蘭等國的資金。」

「結合人工智慧的機器人——」

「機械傭兵。Mechanical Mercenary，當時稱爲ＭＭ計畫。」

ＭＭ計畫——眞是一個充滿甜點的夜晚[25]。感受到過往罪孽之沉重的同時，嚴拓一方面佩服自己竟然還有心情想著這種玩笑話。

「所以你才會離開……」

25 嚴拓意指M&M巧克力。

「我離開的原因，和妳是一樣的。」

兩人都無法忍受自己投入全副身心的工作，被用來作爲侵略家園、殘殺他人的工具。

溫絲遲遲沒有對嚴拓的話語做出回應，嚴拓發現她的眼神變得迷離，彷彿找不到焦點般顯得空洞。

或許被自己身後的滿月吸引過去了吧——嚴拓心想。

「晚安。」溫絲低吟一般說道。

「If you haven't met God on Earth, you won't find him in space.」正當溫絲轉過身去，嚴拓說出這句話。

她側過身，心領神會望著他。

「你剛剛說的是——」

「是一位我很欣賞的太空人說過的話。」

「如果你沒有在地球上遇見上帝，那麼你在太空中也不會找到他。」溫絲翻譯道。

「我還沒有放棄地球。」嚴拓定睛說道。

「那眞是太好了。」

「晚安。」

房門關上了。接著自動上鎖。

望著眼前這扇潔白的門，嚴拓想著自己其實也有最後一個問題想問她：知道亞爾沃達斯集團也成爲戰爭拼圖中的一塊以後，該不該去看清楚眞相的全貌？

7

晨光從玻璃窗傾瀉而入，宛如透出七彩光芒的瀑布。

房內悠悠迴盪起歌聲。

Did you write the book of love
And do you have faith in God above
If the Bible tells you so?

是Madonna版本的American Pie。[26]

在輕快、略帶沙啞的女聲中，嚴拓緩緩睜開眼睛。

他掀開棉被坐起身來，頭不疼了，他拆下繃帶，捲好後擱在一旁桌上。有些人會把拆下的石膏當作紀念品留著，這次經驗雖然特殊——但沒有人會收藏用過的繃帶吧？

在心中揶揄著自己，嚴拓下了床。

天氣很好，好到遠方的海面藍到彷彿飄浮了起來。

---

26 Don McLean於１９７１年發表的作品，２０００年Madonna重新詮釋，為電影《好事成雙》（The Next Best Thing）之主題曲。

音量不大，持續哼唱的歌聲讓周遭更顯寧靜。一股平靜的氛圍如同孢子悄悄散播開來，將嚴拓整個人包覆了住。

沉浸在安詳靜謐的情境中，感覺時間在這一刻彷彿暫停了下來。

這會兒，隱隱約約的藥水味猶如瓢蟲一般，細細癢癢搔弄著他的鼻翼，把他拽回現實。

他扭頭瞥了一眼像蛇一樣盤踞在桌上的繃帶。要不是直至方才頭上還包紮著繃帶，自己肯定會以爲昨晚的爆炸是一場夢——這種夢也是合理的，畢竟昨天早上剛好得知利伯馮騰格瑪和平會示威抗議的消息。

嚴拓捏了捏臉頰，心想自己眞是夠了，居然在討論「已發生的現實如果是一場夢」的合理性。

「我到底在想什麼啊……」再度吐槽自己，嚴拓的視線落在桌上的百合花上頭。

百合花還是一樣那般漂亮盛放，潔白到閃閃發亮。現今的百合花經過基因改良，即使未剪斷花蕊也不會在花瓣上沾染出片片黃漬。

他握著水杯來到落地窗邊，喝了一口後往外眺望。

湛藍色天空中飄浮著五顏六色的繽紛彩點，宛如拉炮裡的碎花。

當中幾個逐漸向這邊飄來——是熱氣球。

和昨天早晨一樣，儘管看不到裡頭的情形，以藍天碧海爲背景搭乘熱氣球的人們，仍然一個勁兒朝著這座水晶塔奮力揮舞雙手。

被這股氛圍感染似的，嚴拓不知不覺也舉高了玻璃杯。

熱氣球——忽地強烈聯繫起昨晚的爆炸事件。他的手僵在半空中，水面因爲握住的手發力而細細皺顫著。

頭是不疼了，只是胸口好像被什麼給堵塞——

就在這時，音樂戛然而止。

倏然膨脹的寂靜讓嚴拓清清楚楚聽到了自己的心跳聲，反倒令人勾起一絲不安。

是爲什麼呢？總感覺遺漏了些什麼——嚴拓按住自己的胸膛。

「早安，嚴先生——」費莉西雅的聲音幽幽傳入耳中。

有訪客。

來的人不是別人，嚴拓也就穿著睡袍前來應門。

「早安。」門一開，楊可珞立刻說道。

「早安。妳今天怎麼沒直接進來？」這麼有禮貌啊——後半句調侃嚴拓說不出口。因爲面前的楊可珞板著臉孔，似乎還在爲昨晚的事鬧脾氣。

「您早，嚴先生。」出現在楊可珞身旁的，是這層樓的負責人，菲亞·查多邦。穿著筆挺西裝的他其實是具機器人，這一點從他裸露在外的臉孔和手掌便可以一目了然。

「早安。」嚴拓說著向後退了一步騰出空間，好讓菲亞將餐車推進房內。

想當然耳，這是楊可珞點的room service。

不一會兒，菲亞佈置好餐桌——將桌椅調整至雙人桌模式，擺上兩副餐具。

最後的早餐（Il Cenacolo or L'Ultima Colazione）——不知怎地，嚴拓心中浮現這個念頭。儘管是帶著幽默意味。

「謝謝，菲亞，我們自己來就好了。」嚴拓知道楊可珞有話想說。

「請兩位慢用，倘若需要任何服務，請立刻讓費莉西雅通知在下。」

菲亞退出房間。

待門關上，楊可珞慢條斯理走到餐桌前，先是在其中一只杯子注入熱茶，接著俐落轉身來到對面座位落座。明白她的意思，嚴拓在那杯熱茶前的椅子坐下。伯爵茶。佛手柑是他最喜歡的香料。

嚴拓持起茶杯，啜了一口。

飄出絲縷白霧的茶看起來熱燙，實際入口溫度卻恰到好處。

喀，嚴拓輕輕將杯子放回有著桂冠葉浮雕的茶碟上。「昨晚睡得還好嗎？」他問道。

他還在捉摸，她現在開啓的究竟是哪個模式：朋友？還是秘書？

按照以往經驗，「出差」對楊可珞而言，無庸置疑屬於「工作」，可是經過昨晚的事件以後，他沒有那麼大的把握——再加上這還是兩人頭一次碰到這種意外。

「吃了兩顆安眠藥，早上還是被嚇醒了。」

沉默沒有想像中漫長，楊可珞答道。

嚴拓稍稍鬆了一口氣，他用食指指尖碰了碰茶杯纖細宛若天鵝脖頸的把手。

「沒事了，妳不好好的嗎？沒事了。」

「我當然沒事。因爲出事的人，是你。」

儘管語調冷靜，但嚴拓聽出楊可珞還在自責。

「不是妳的錯。沒有人預料到會發生這種事。況且，我不是說過了——妳不是我的保鑣。」

這傢伙怎麼老喜歡鑽牛角尖、老喜歡跟自己過不去？嚴拓忍不住在心底絮叨著。

「你不會把這件事寫進自傳裡吧？」

楊可珞突然提起風馬牛不相及的話題。

嚴拓一臉詫異，脖子偏向一邊說道：「爲什麼會突然又提起自傳的事？妳不是幫我推掉了嗎？我想，確實是，自己還太年輕……又不是像古爾欽博士那樣，在特殊領域有卓越的貢獻。」

「不是年紀的問題。你累積的成就，很多人就算花上兩、三輩子恐怕都無法達到。」楊可珞並不是在奉承他，只是坦率說出自己的觀點。她身子前傾，呼吸變得紊亂。「我在意的是——爲什麼你要說謊？你的肝之所以是人造電子仿生組織[27]，根本不是肝癌的關係。上個月接受《Com. People》專訪時，你爲什麼要那樣回答？」

「因爲那牽涉到——牽涉到別人的隱私。」嚴拓吞吞吐吐答道。

「我希望別人知道你救了我。不只是這一次的炸彈攻擊，還有十九年前，在我遭遇那場重大車禍的時候，你把一部分的肝臟移植給了我。」縱然嚴拓一言不發，楊可珞依舊定定注視著他——這些話，她已經憋了太久太久。「你是不是以爲我希望你不要說？是不是不想造成我的負擔？我知道你在想什麼、在考慮什麼，我統統都知道。認識三十年了，我怎麼可能不知道？可是你猜錯了，至少這一次你猜錯了……」她輕輕撫住自己的肚腹：「我需要這個負擔、想要這個負擔——雖然嚴格來說，這是我們兩人的事，但唯有別人知道以後，在眾人的注視下，我才能夠眞正心安理得接受你這樣的犧牲。」

說到最後，她的眼睛紅了。

27 結合電子技術和生物技術的再生醫學，亦為先前所提的「半金屬器官」。

這樣子的楊可珞，嚴拓只在她父親的喪禮上見過。

「對不起。」

不知道該說些什麼才好，嚴拓只能反射性冒出這句話，不知道來龍去脈的人，聽在耳裡，簡直像是在婉拒對方的告白似的。

太自以爲是了——道了歉，他才慢半拍地想到，原來自己是爲自己的自以爲是道歉。

「我把飛機票換到今天中午了。」楊可珞毫無預警說道。

嚴拓怔愣了幾秒鐘：「今天中午？」

「我們吃完早餐就離開。回台灣。」話一說完，楊可珞眼神陡然一變，腰背挺成一直線的同時抿住嘴角掀開一旁餐車上的蓋子：「我幫您點了班尼迪克蛋。煙燻鮭魚口味。」

「我說過了，現在不能離開。」他的語氣和昨晚同樣堅決。

嚴拓不曉得該如何向楊可珞解釋自己心中的隱隱不安。接著轉念一想，就算自己能夠找到不安的源頭——無論是什麼理由，大概都無法說服她。

「今天早上——又出事了。」楊可珞切起一小塊帶著黑胡椒粒的馬鈴薯放進口中，像是在咀嚼自己的話一般細細咬著。

「又出事了？出了什麼事？」

他的手肘不小心碰撞餐桌，杯裡的茶劇烈搖晃差一點點就要濺灑出來。

「利伯馮騰格瑪和平會開車衝撞飯店。他們直接把車開進大廳，現場一片混亂。」楊可珞像是在唸報導。

「眞的是利伯馮騰格瑪和平會做的?」

「飯店保全和保全機器人抓住了幾個人,已經移送給當地警方。應該是激進派份子終於按捺不住了。」

當地警方——紀子隸屬的國際刑事局應該會立刻將案子接手過去。

「和昨晚的爆炸案有關?」

「我想是。說不定當時再慢幾秒鐘壓制那幾個人的話,汽車就會爆炸。破壞規模恐怕就不是現在這樣而已。」

楊可珞口吻淡然,但一想像到那畫面,就讓人不寒而慄。

「亞爾沃達斯集團派人出面發表聲明了嗎?」

「爲了避免今早一開盤亞爾沃達斯的股價大跳水,再加上無人傷亡,汽車衝撞大廳一事有極大可能被壓下來——如果您想問的是『滿月嘉年華』會不會按照原定計畫舉行。」楊可珞說著,用刀叉輕輕啣住歐姆蛋飽滿的弧面,久久未劃開:「不過不管主辦單位的決定是什麼,我還是認爲,及早避開有紛爭的地方才是明智之舉。」

「妳是要我逃跑?」嚴拓覺得自己的用詞似乎太戲劇化了。

「紛爭和競爭不同。」

「妳在跟我玩文字遊戲。」在捍衛信念時,嚴拓會突然像是換成另一個人。他持起杯子啜了一口,感受著香氣從鼻腔、口舌、喉嚨一路隨著溫熱水流往胸腔四肢擴散開來。調整好呼吸後,他接續說道:

「『紛爭』不全然是負面的詞彙,它代表的不僅僅是『爭端』或者『爭議』等混亂的情境,蘊含在背後的眞正意義是源自於『雙方的理念不同』——而這當中到底孰是孰非，無論從道德感抑或價值觀，還需要進一步討論。」

「我沒有在玩文字遊戲，『惡性競爭』，不就是『紛爭』嗎？」

「所以妳認為，面對惡性競爭，我們應該要退出戰場？」

話一脫口，嚴拓便後悔了——他後悔使用「戰場」。

每個在商業上取得或大或小成功的人，總喜歡將「勝利」和「戰勝」聯繫在一塊兒。

「妳認為……面對惡性競爭，我們應該要退出市場？」趁楊可珞還沒想到該怎麼反駁，嚴拓修正了自己的說法。

我們檢討、修正。就是不感慨。

忽然間，昨晚溫絲說過的話浮現腦海。宛如一雙從深潭底部驟然划出、強而有力直直托撐住自己的手。

「我們愈談愈偏了。」她放下刀叉。

她不想承認，他說的對。

「關於『問題』，只要願意去談，就不算談偏。」

「不要搬出那套格言式說辭。」楊可珞翻了個白眼。

嚴拓笑了。有一種「今天」從現在開始才眞正展開的感覺——她終於恢復成平時的她。

「待下去，不知道還會發生什麼事。」

「所以才要待下去。」

知道不可能說服嚴拓了，楊可珞重新抓起刀叉，眨巴眼睛，調皮朝他比劃一下：「Petrificus Totalus。」[28]

嚴拓又笑了，這次喉嚨還擠出了聲音。「啊，好餓啊！」他提高分貝說道，從盤中抓來一塊可頌大口咬去一半，外殼酥脆帶著點焦香，裡頭層疊交纏口感濕潤綿密，在舌尖上瀰漫開來的同時滋味益發濃郁，奇妙的是，不但甜而不膩，還讓人瞬間胃口大開。

Bye, bye Miss American Pie
Drove my Chevy to the levee but the levee was dry
Them good ole boys were drinking whiskey and rye
Singing this'll be the day that I die
This'll be the day that I die

Madonna版本的歌聲復又響起，心情變得輕鬆的嚴拓腳尖不自覺打起了拍子。

「嚴先——」

費莉西雅還來不及喊完，聲音便被——砰砰砰，劇烈的敲門聲粗魯打斷。

砰砰砰！砰砰砰——敲擊聲持續著。難以想像在隔音效果極佳的情況下，必須捶得多用力才能發出這

28 《哈利波特》系列中的石化術，中文譯為「整整——石化」。

般響亮的聲音。

砰砰砰！砰砰砰——

嚴拓和楊可珞扭頭直勾勾看著房門。

砰砰砰！砰砰砰——

不知不覺，心臟隨著敲門聲愈跳愈快。他們沒有發現自己屏住了呼吸。

連費莉西雅也像是被這突如其來的狀況震懾住似的，停頓了好幾秒鐘才出聲：「嚴先生，有訪客來訪。是杰瑞德．高芬先生。」

「那傢伙這麼早來幹嘛？」楊可珞回過神來，皺眉咕噥一句，隨即推椅起身。一打開門，一句話都還沒說完：「你——」便被杰瑞德瞪大雙眼、一臉死白的表情弄得發怔，像是中了石化術般，一時間僵在原地。

儘管沒料到會一大早在這嚴拓房裡碰見楊可珞，但眼下杰瑞德有更重大的消息——他定定看了楊可珞一眼後，視線往旁一瞥，目光從她的肩頭越過直直射向坐在桌邊的嚴拓。嚴拓將身子側向他，猶如拍攝雜誌封面一樣手肘若有似無抵住桌緣。沛然日光從後方一整面落地窗斜灌而入，四周折射出如夢似幻的七彩輝芒，彷彿把他們三個人困在一個巨大的泡泡裡頭。

「死了。」杰瑞德的聲音冷得像一把冰錐，刺破這寧靜的早晨。

「死了？誰——死了？」楊可珞追問道。

8

「你昨晚和古爾欽博士見過面?」

「對。」

「幾點鐘見面?又談了些什麼?」

「應該是十一點鐘左右，有可能將近十一點半，確切時間我不曉得。那時候我正準備就寢。」嚴拓不明白，這種事不是問費莉西雅就好了嗎?

他和寇迪安比隔著一張長桌對坐，紀子則站在寇迪安比身側。

這是和飯店商借，借來充當臨時偵訊室的房間——也就是說，嚴拓目前是嫌疑人。

「聊了些什麼?」寇迪安比催促道。

「也沒什麼特別的，你們想知道的話，我可以授權。你們直接去向飯店調閱費莉西雅的紀錄——我想會比我自己的記憶準確。」

比自己的記憶準確——儘管是事實，卻同時感到弔詭。

被紀錄下來的「我」，比眞正將「我」活到現在的「我」更接近事實。

「我就是想問你。還是說，我耽誤你這位大老闆的時間了?你一分鐘多少錢上下?」

「寇迪安比。」紀子喊道。

寇迪安比撇了撇嘴，瞄向坐在一旁的楊可珞，似乎覺得這傢伙很礙事。

留意到他不友善的眼神，楊可珞冷冷說道：「我有律師執照，是合格的律師。」

「可珞，沒事的，我們只是例行性問幾個問題，先釐清被害人昨晚的行動、還原她生前的蹤跡，才有辦法進行更深入的調查。」紀子緩頰道。

「那這傢伙又爲什麼不滾出去？」

「民眾有知的權利。」杰瑞德斜斜倒入沙發中，悠然翹起腳。這種程度的挑釁還不足以撥動他的情緒。

「昨晚見面時，古爾欽博士有沒有什麼不對勁的地方？再微不足道都沒關係。」紀子無視同事的牢騷，直接切回主題。

「不對勁的地方……我想想……昨晚我洗完澡，交代完費莉西雅明天幾點用什麼歌叫我起床，正準備上床睡覺，古爾欽博士就來了。」

「大老遠從六十二樓跑到你房間吃宵夜，不是就很不對勁嗎？」寇迪安比調侃道。這時嚴拓尚未聽出他意在言外。

「Bye, bye Miss American Pie……」杰瑞德哼起歌。

「還有呢？接下來，發生了什麼？她來到房間找你吃宵夜——」在一片干擾聲中，紀子不爲所動。像顆高速轉動的陀螺永遠把持自我的中軸。

奇妙的是，透過她的描述，當時的情景彷彿在眼前倒帶重播。

「我們一面吃宵夜，一面聊自己的經歷，其實大多是從網路上——無論是報導或者訪問就可以查到的資料。聊到後來，她情緒變得有些激動。」

「有些激動？」紀子偏頭示意不解：「具體來說——」

「哭了。」嚴拓直接公佈答案。

「古爾欽博士哭了？」寇迪安比用誇張的語氣高聲說道，只差沒往桌上重重一拍扛起那滿是肌肉的身軀。

「她爲什麼會哭？你們——到底是什麼關係？」

「算是朋友吧，剛認識的朋友。我們是在昨晚宴會上認識的。」儘管剛認識，卻相談甚歡，是少數能觸及到心中柔軟、甚或怯弱的那一塊，難得的朋友——想到這裡，嚴拓默默低垂了視線。

「你們眞的昨天才認識？之前完全沒有接觸過對方？我就開門見山說好了——你們之間是不是存在曖昧關係？」寇迪安比整個人靠住桌子，逼近嚴拓，那雙銅鈴般的大眼像是要把嚴拓吸進去。

不用等楊可珞出手，紀子往寇迪安比後頸架了一下拐子。

「曖、曖昧關係？古爾欽博士結婚了，還有一個孩子。」嚴拓結巴答道，交錯看著寇迪安比和紀子。

「我們當然知道。孩子是領養的。」說著寇迪安比按了按脖子，低低哼了一聲，大概是暗忖這男人未免太假正經了。

「她之所以哭了，是不是……」紀子重新主導對話：「是不是你們聊到些什麼，勾起了她的傷心事？」

「不是傷心事。」嚴拓口吻肯定：「我們聊到了她的女兒，莉莉卓薇爾。古爾欽博士就是爲了替她女兒……替她女兒……」

「替她女兒做什麼？」紀子俯身按住桌面，髮絲從肩膀滑落，輕輕搔著她的側臉。

「替她女兒向我、向我拿簽名。」嚴拓往天花板瞄了瞄，搔了搔臉頰。

得到答覆後，紀子和寇迪安比迅速交換了個眼神。寇迪安比戴上智能指戒，叫出了照片：「是這個吧？」

他將手背轉向嚴拓。投射在手背上圖片裡的人物，是嚴拓和溫絲．古爾欽在首夜宴會上的合照。照片裡的溫絲穿著那套讓她看起來像聖誕樹一般溫暖的服裝，嘴角大幅度上揚露出明朗的笑容。根本想不到幾個小時以後的自己即將不存在於這個世界上。

嚴拓點了個頭，從喉嚨擠出的回應有些哽咽。

「回到剛剛的問題，爲什麼提到她女兒時，她會哭？」發問權又回到寇迪安比身上，但和先前相比，眼神沉穩許多。

不知道有意還是無心，楊可珞覺得紀子和寇迪安比兩人之間，並沒有像表面上看起來那樣充滿矛盾。反而有一種微妙的韻律——或者該說是邏輯，在其中運作著。

一旁的杰瑞德倒也沒閒著，開始打起報導，想在今早的「車禍」和「命案」當中找出聯繫，企圖一舉將全世界的目光統統吸引到這座小島。

站在國際刑警局的立場，自然不是不在意問話內容變成新聞的一部分，而是兩相權衡之下，認爲有朋友在場，嚴拓回答起來會更放鬆。再者，考慮嚴拓和杰瑞德來往之密切，單獨偵訊恐怕也沒有太大意義。

「我想……是感動吧。也可以說是感激。她很感激莉莉卓薇爾來到自己的生命中。」

很觸動人心，但一點幫助也沒有——這是檢調單位的眞心話。

「還有什麼別的嗎？」紀子準備爲這場談話作結。

「滿月。」嚴拓冷不防吐出這個詞。

「滿月？」紀子和寇迪安比同時發出聲音。

杰瑞德停下手，凝望著嚴拓的背影。楊可珞則悠悠望向窗外，腦海中浮現起昨晚又大又圓的滿月。

「滿月怎麼了？」紀子問道：「跟這個維齊洛波奇特利嘉年華有關？」

嚴拓擺了擺頭，解釋道：「沒什麼，是我想太多了。」對於溫絲昨晚迷離的眼神，他不能肯定是不是滿月的緣故。

「這樣啊，我們了解了。差不多告一個段落，謝謝配合。」紀子說道。

「你，不對，你們可以出去了。請盡快，我們還有其他人要問。」

「那個——」

「你想問什麼？」

「我是最後一個見過古爾欽博士的人嗎？」嚴拓的問題讓紀子和寇迪安比一時間反應不過來。

「爲什麼你會這麼認爲？」還是紀子先回過神來。

「說『直覺』你們會相信嗎？」

「鬼才相信。」

要不是在這種場合，實事求是的嚴拓大概會想追問他：「那麼你相信鬼的存在嗎？」

「其實我沒想太多，理由很單純，因爲昨晚古爾欽博士來找我時，身上穿著睡衣，再加上她離開時，差不多是午夜十二點左右……而剛剛來這房間的路上，感覺不出太多動靜，也就是說……大多數人應該都還不知道這件事——那麼就表示，她出事的地方是較爲隱密的空間，若把『早晨』這個因素再納進來，可以推導出命案地點應該是，她的房間。」

「你說的——」紀子注意到寇迪安比的眼神：「沒關係，反正這點消息，那邊那位記者朋友用不了多久也一定能查出來。」和杰瑞德對望一眼後，她看回嚴拓：「你說的沒錯。古爾欽博士確實是在她房間被發現的。」仍然語帶保留。

「我還是很難相信——溫絲她……真的死了？」昨晚還活生生的人……

「調閱飯店的監控系統，目前你是她生前最後一個見的人。當然——除了兇手。」

兇手——這個字眼突然讓一切變得立體，也讓命案隨之而來的死亡恐懼感，瞬間朝眾人籠罩過去。

「她是怎麼死的？」過了好一會兒後，嚴拓才意識到那是自己的聲音。

眾人注視著嚴拓，彷彿他是那個喊出「國王沒穿衣服」的孩子。

「偵查不公開。」寇迪安比搶先一步說道，雙手盤在胸前，繃束住胳膊上臂的襯衫衣管幾乎快被撐破。

「誰是第一發現人總可以說吧？會這麼早去找她的人，應該很可疑吧？」杰瑞德問道。

「這個告訴你們倒是無妨。」寇迪安比揚起一邊嘴角，整張臉因此歪斜。

杰瑞德原本只是想嗆他幾句，對於意料之外的回答感到愕然。

寇迪安比看向紀子，示意由她來說。紀子吸了一口緩慢而沉重的氣，呼出的同時吐出一個名字：「奧里提安諾葛。」

奧里提安諾葛是溫絲．古爾欽的智能管家。

透明門扉無聲關闔。

「電梯向下。」優雅女聲響起。

呈圓筒狀、一體成形通體透明的電梯讓人聯想到試管。

畢竟是世界排名第一的高樓，自然搭載水準相應的設備。電梯以極快的速度往下降，從外頭看起來像垂直起落的列車。然而奇妙的地方在於，身在其中，一點也感覺不到自己正急速墜落。空間穩定，連機械運作聲都聽不見。

嚴拓望向外頭，風景視角逐漸收斂，宛如把一隻風箏從遠方收回來。

此時此刻，他沒有欣賞景色的心情——他剛死了一個朋友。說起來太白話不好聽，但事實就是如此。死亡不應該修飾。尤其是死於非命時。

「二樓到了。」

嚴拓走出電梯。

身後的電梯門一關，隨即像是被召喚過去的筋斗雲般轉瞬間騰空消失。

他走進走廊底端的紀念品店。

身爲渡假勝地的維齊洛波奇特利島，想當然耳，擁有豐富的自然景物、元多的人文色彩以及先進的娛樂設施，各式各樣的紀念品於是應運而生：燈塔鑰匙圈、風景撲克牌和金關石戒指……等。而地標中的地標，赫爾瑞玻璃蜂巢飯店，更是絕對不能錯過的景點。即使住不起，也要來看一眼，才不虛此行。

無論時代如何改變，有些事物仍然會被保留下來。

嚴拓站在旋轉架前一張張看著明信片。

又或者，毋寧說正是時代的改變，讓某些原本人們以爲微不足道的事物，反過來被意識到應該試著留住。好比書法、雕刻。當然還有現場演奏。

一想到這裡，嚴拓不禁笑了。苦澀的笑。

他想起和李璇共同表演的那首歌，接著想起她的好夥伴。最後是中島介那張表情淡然的臉。

「他們不知道怎麼樣了……」

嚴拓對自己呢喃著，抽起下一張明信片。

是莫里特安海岸。被列爲世界自然遺產之一。幾年前引發爭議，特別是在德勒斯登易北河谷因爲橋樑建設遭到除名後。

最大的反對理由是：維齊洛波奇特利島是一座「人工」島。而後針對此點修改細則，不光是亞爾沃達斯集團的影響力，觀念確實也需要與時俱進。從今爾後，「人工」對於地貌的介入只會益發「霸道」，是一條無法回頭的不歸路。

海洋愈縮愈小，土地愈來愈高——終有一天，一定會釀成不可挽救的重大災禍。

嚴拓搖了搖頭，甩開負面思緒。自己不是爲了思考這種事來到這裡的。至少現在不是。

他的目光落回明信片上。

多麼不可思議的景象——在夏冬交接之際，會有成千上萬隻邦洛威美龜游上海灘產卵。

也因爲這幅奇景，矗立在莫里特安海岸彼端與此遙望的白燭燈塔，又被稱爲「邦洛威美燈塔」。

從房間另一側可以眺望到一部分海岸。

「不知道有沒有機會親眼看一看。」莫里特安海岸是嚴拓此行原本安排的景點之一。但發生太多事，這回恐怕沒機會——也沒心情去了。

這樣不行啊……嚴拓想著，嘆了一口氣，將明信片放回架上。

他來到絨毛布偶區，抓起其中一隻把玩著。

「Space應該會喜歡。」嚴拓捏了捏邦洛威美龜短小而逗趣的尾巴。其實喜歡的人是嚴拓自己。

「謝謝光臨。」負責結帳的店員也是機器人。胸前名牌上掛著「Doris」。

「謝謝妳，Doris。」

提著多了點重量的深褐色紙袋，嚴拓走出店。

整理好心情，他感覺自己可以面對了。

他往來時的電梯方向走去，沒有停下，而是踩著穩健的腳步從電梯前方經過，直直穿過兩側有著粗壯柱子的懸空走廊。走廊底端，有一道往下延伸的階梯，懸浮在半空中，用楊可珞的說法就是「很有霍格華茲（Hogwarts）的風格」。

這棟飯店的結構和一般建築物不大一樣，電梯沒有停一樓大廳——看似不合理、甚至會對房客造成不便；然而，這是出於藝術上的考量。

一走進飯店，在眼前敞開的是寬闊大廳，三百六十度玻璃全景讓外頭風光一覽無遺。大廳中軸位置便是那條通往二樓的階梯。以歐泊（Opalus）[29]打造而成的六十四階階梯，由於其特殊的構造以及剔透內裡透出如夢似幻的萬千色彩，被暱稱爲「Stairway to Heaven」，通往天堂的階梯，聯想顯然來自於英國傳奇搖滾樂團齊柏林飛船的同名歌曲[30]。之所以取「六十四」這個數字，據說是因爲在巴別塔眾多記載中，有一則提到塔的高度爲六十四化朗（furlong）。[31]

If as one people speaking the same language they have begun to do this, then nothing they plan to do will be impossible for them. Come, let us go down and confuse their language so they will not understand each other.

嚴拓記得是這樣翻譯的——看，他們都是一個民族，都說一樣的語言。他們如今就開始做這事；以後他們所想做的，就沒有不成功的了。來，我們下去，混亂他們的語言，使他們彼此語言不通。

像是在確認自己踩的是石階而不是絢爛幻影，他一階一階緩緩踱下階梯，一面在心底默念著這段話。

說來好笑，這還是嚴拓第一次親眼看到大廳。

一律採預約制的飯店，有另一條通道專門提供給入住的房客使用——也就是說，這個大廳，並沒有實質上的用途，是以一種「赫爾瑞玻璃蜂巢」的宣傳形象爲理由而存在。

不愧世界首屈一指的飯店——放眼望去，完全看不出早上剛遭受到突襲。

車是從哪一扇窗子撞進來的？

之所以說是哪一扇，是因爲嚴拓一時間辨別不出大門究竟在哪裡。

29 經由地質作用形成的蛋白石，拉丁文意思為「集寶石之美於一身」。

30 該歌曲有著濃厚的宗教神秘色彩，據說若是將此歌曲倒轉播放，歌詞會變成崇拜撒旦的惡魔之歌。

31 一化朗約為兩百米。

是那裡嗎？

終於，他找到迎賓大道。而正對著迎賓大道的地方，就是飯店大門。

「好像本末倒置了……」嚴拓對自己的定位方式苦笑了一下。

迎賓大道兩側栽種了兩排法國梧桐（Platanus orientalis），這是嚴拓對上海情有獨鍾的原因之一。

「從那裡撞過來的嗎？」望著往盡頭收斂愈變愈狹窄的路面，他再度小聲嘀咕道。

嚴拓明白這件事爲什麼會帶給楊可珞如此巨大的衝擊──自己當然要比任何人都明白才對。

十九年前，正值十六歲青春年華的楊可珞，在上學途中遭遇車禍。駕駛是一名急著前往遊行現場的熱血青年。[32]

每次回想起這段苦澀往事，哲學家S.Roddings[33]說的那句話，總會連鎖效應般從嚴拓心底倏然浮起：

Justice is the conclusion。

正義是結論。

在通往正義的顛簸路途中，楊可珞成爲和歷史相較之下輕若塵埃的犧牲者，像是被往結論洶洶滾去的眞實巨輪輾彈開來的小石子。

在這效率極高的時代，無論發生什麼異常，似乎都有辦法在短時間內適應。

好比早上那場意外，到現在也才不過經過幾個小時，不光是大廳，連外頭街道都完好無瑕。在這樣風和日麗、放眼望去淨是一片祥和的日子，怎麼可能有壞事發生。怎麼可能有人死──

32　這裡指的是2013年3月9日的309廢核大遊行。

33　北愛爾蘭脫歐獨立和愛爾蘭統一後最著名的愛爾蘭哲學家。

「您怎麼跑到這裡來了！」

就在嚴拓從幽靜時光裡猛然驚醒之際，有人喊住了他。

「可珞……」抬頭仰望站在階梯上的她，嚴拓呢喃道，但從他的表情可以看出對於她的出現並不感到訝異。

他知道身為秘書的她，一直以來都在自己的智能指戒內搭載定位系統。

給自己這麼長的獨處時間，已經是她的極限——凝視著楊可珞的嚴拓如此忖度，想著想著抿出淡淡的笑容。

「這邊請。」

嚴拓踏上階梯跟上她，兩人前後走入電梯。

「電梯向上。」

9

「你們來啦！」門開，一見到嚴拓和楊可珞兩人，杰瑞德便朗聲說道：「快進來、快進來！」不等嚴拓他們發問，他自問自答道：「你們一定在好奇為什麼我要和你們約在這裡見吧？這裡可不是我的房間，我哪住得起啊——這個房間是我向飯店借來的，和古爾欽博士房間的格局一模一樣。」

這段時間，杰瑞德可沒閒著，他發揮記者的本領，搜集了些關於命案的消息。

要是換作平常，楊可珞肯定會咄咄逼問他：「房間怎麼弄來的？抑或是既然你不住在這裡，早上是怎麼得知命案一事？又是怎麼找到嚴拓房間來的？」之類的問題。然而眼下當務之急顯然不在此處。

「這樣比較好說明——」杰瑞德補充道。他原本還想借一具人偶充當被害者，好讓說明案發過程時不會遺漏太多細節，但考慮到嚴拓的感受旋即作罷。

楊可珞幫嚴拓倒了杯水。

「我不渴，謝謝。」嚴拓目不轉睛注視著杰瑞德。

杰瑞德極其自然把水接了過來：「剛好口渴了！」一口灌完，將杯子塞回楊可珞手中。

楊可珞想再倒一杯水——往他身上潑。

留意到嚴拓提在手上的紙袋，杰瑞德問道：「你去了紀念品店？買了什麼？」

「邦洛威美龜，你寫過一篇關於牠們的報導。」嚴拓說著從袋子裡掏出邦洛威美龜絨毛玩偶。

「對，我寫過。我喜歡牠們。」杰瑞德笑了。下一秒收住笑容，轉身往容納三、四個人都不成問題的床鋪大步走去，朝潔白到銀亮的被單指了指：「古爾欽博士陳屍在這裡。這也是爲什麼第一發現人是奧里提安諾葛的原因。」

智能管家會根據使用者的心跳、血壓和體溫等體徵資訊來調控室內的溫度與濕度，以確保使用者隨時處在舒適的狀態。而這份根據，正是來自於裝設在床鋪裡的感應器。

「也就是說，奧里提安諾葛根據感應器，發現古爾欽博士的身體出現異狀……」

「沒錯——我差點就要下標：智能管家謀殺女博士，人工智慧再掀爭議！」

「爲什麼非要強調『女』博士不可？」

杰瑞德撇了撇嘴，衝著楊可珞雙手一攤：「這就要問讀者囉！」

「她，是怎麼死的？」嚴拓的語氣比問紀子時更加冰冷，字詞間的微妙停頓彷彿也讓這句話銳利了幾分。

「被掐死的。」杰瑞德接著補述道：「被害人衣著整齊，財物也沒有遺失。」

「掐死……」楊可珞咕噥道。

她想不出殺人動機——已經排除姦殺和強盜殺人的可能。也不大可能是情殺。尋仇？可是什麼樣的仇家會選擇在這種地方報仇？

那部電影不是這樣說的嗎？動機是兇手的基因。[34]

沒有人天生想殺人，是惡意和殺機孕育出一個又一個兇手。

也就是說，一旦掌握動機，往往便能順藤摸瓜勾勒出眞相。

「滅口——是爲了滅口嗎？」嚴拓提出看法，抓在手上的邦洛威美龜仰望著他。

「對啊——這行最重要的，就是商業機密！」古爾欽博士在無意間知道了別間公司的機密所以才慘遭毒手——當然也有另一種可能，就是因爲不願意透露自家公司的機密而遇害。

畢竟所有機密都是雙向的。

「這點還不確定，目前警方還在詢問亞爾沃達斯集團相關工作人員，然後是子公司Baal。當然，如果眞的是牽涉到商業機密，或許要將調查重點擺在她近來合作最爲密切的幾個人身上，特別是Circe製作小

---

34 語出自電影《生來犯罪人》（Born Criminals）。

組。」

李璇和中島介——儘管杰瑞德沒有明言，但可想而知這兩位是重要關係人。

「還有別的資訊嗎？」楊可珞問道。

「目前就知道這麼多。」

「感覺真相還是一團謎——關於今晚的活動安排你那邊有沒有什麼消息？」

「妳還真是利用得很澈底。」杰瑞德斜睨過去，望向嵌入壁面的電子鐘。「時間剛好——盎索夫斯基，一百二十一台。」

居然連這間房間的智能管家也運用自如——到底是誰利用得澈底啊？楊可珞雙手撐住桌面打量著這個難以捉摸的男人。

一瞬間，原先潔白一片的牆壁出現清晰畫面。

Homemade新聞台。是長期和杰瑞德配合的媒體。

場面看起來是記者會，底下萬頭攢動，一陣陣白光閃電般此起彼落。下一秒，畫面切到舞台上。長桌上佈置了四支麥克風，座椅空著。角色們尚未就位。

一旁出現字幕：滿月嘉年華事故說明記者會。

「事故？說得也太輕巧了吧？先是昨晚的爆炸案、再來是今早的汽車攻擊、最後是古爾欽博士的命案——這些事居然想用『事故』帶過？」杰瑞德忿忿不平嚷嚷道。

「你不去現場沒關係？不會不甘心嗎？」

「就算去了也會被攔在外面。根據可靠消息指出，我已經被亞爾沃達斯集團封殺了。」杰瑞德自我解嘲。

「封殺？我認識的杰瑞德．高芬可不會害怕這種事。」楊可珞貶中帶褒。

「你是知道就算去了也沒用吧？」

面對嚴拓的激問，杰瑞德朝螢幕努了努下顎，瞇了瞇眼睛，一副「拭目以待」的模樣。

粉墨登場。

首先出現的想當然耳，是羅菲朗．亞爾沃達斯——鎂光燈閃得更劇烈了，似乎還能聽見底下竊竊私語的雜音。接著是馮昂．亞爾沃達斯身邊那位有著細長眼睛的秘書。這種場合馮昂．亞爾沃達斯本人沒出席，倒是十分沉得住氣。

羅菲朗．亞爾沃達斯逕自落座，調整麥克風，輕輕碰了碰領帶後用低沉嗓音說道：「各位媒體朋友午安，我是WGA理事，此次滿月嘉年華大會主席，同時也是亞爾沃達斯集團的副總裁，羅菲朗．亞爾沃達斯。」

等他說完這段開場白，一旁呆站著的秘書才拉開椅子坐下。

兩側空位反而將眾人的注意力益發往中央聚焦。

連視覺效果都考量到了啊——楊可珞不禁想著。

至於嚴拓，每次注視著羅菲朗．亞爾沃達斯那張咧出一口白齒、然而眼尾卻沒有絲毫笑意的臉，他都會不由得想起丹麥哲學家齊克果（Søren Aabye Kierkegaard）在日記裡寫下的這段文字：每個人都用自己的方式報復這個世界。我的是把悲痛和苦惱深深嵌入心理，用我的笑聲逗每個人開心。如果看到有人受苦，我會同情他，盡我所能安慰他，並在他信誓旦旦說我很幸運時安靜地聽他說。如果我能持續這麼做到我死的那一天，那我就完成復仇了。

「臨時召開記者會，是想向一般民眾釐清情況，我認爲由我們這邊主動說明，可以更有效率將一切拉回正軌。畢竟各位媒體朋友也不會想把心力耗在這種事上頭吧？維齊洛波奇特利是享受奢華的島嶼，亞爾沃達斯是傳播幸福的企業，我們誠摯希望所有人在這裡都能切身體會到這一點。」又是一番廣告般的說辭，羅菲朗．亞爾沃達斯相當熟練侃侃說道。而後臉色忽地一變：「也正因爲如此，以下我要對幾點疑義提出嚴正的聲明。首先，關於昨晚的爆炸事件……」說到這裡，他有意無意拽了一下西裝外套袖子，袖口往上拉動，能隱約看到手腕到手背一帶貼著紗布。

「他不是沒受傷嗎？」楊可珞嘀咕一聲，和杰瑞德交換了眼神。

「關於昨晚的爆炸事件，目前警方尚未查明做案動機、也尚未確定是不是恐怖行動。」

「他們仍然不打算公開那封炸彈恐嚇信就是了？」楊可珞冷笑一聲。

「發球權在犯人手上，既然對方不想公開，先順著他們的意願也沒有不滿意的地方。」杰瑞德站在亞爾沃達斯集團的角度回應道。

「至於今天一早，在赫爾瑞玻璃蜂巢發生的汽車衝撞事件，則已經確定爲利伯馮騰格瑪和平會所爲。根據飯店維安人員壓制、警方帶回偵訊的幾名現行犯的供詞，可以知道其爲利伯馮騰格瑪和平會的激進派份子。做案動機，是不滿亞爾沃達斯集團影射昨晚的爆炸案爲伯馮騰格瑪和平會所爲。」羅菲朗．亞爾沃達斯停頓一下繼續說道：「按照此脈絡進一步反向思考，得以推論出一項事實：昨晚的爆炸案和場外抗議無關——自然也就和恐怖攻擊無關了。」說到這裡，他咧嘴一笑，並且輕輕擺了擺頭，擠弄眉間露出無辜表情：「說起來，各位辛苦的媒體朋友們也要爲今早的混亂負一部分責任呢！要不是你們的臆測，愛好和平的伯馮騰格瑪和平會又怎麼會攻擊飯店呢？幸好沒有重演昨晚的場面，造成任何人員傷亡。」

以下進入記者提問時間。

「圈套。」杰瑞德將雙臂盤在胸前，身體斜傾靠在落地窗上。永遠是那樣乾淨的玻璃讓他看起來快跌進一派藍天裡頭。

「亞爾沃達斯先生，您是不是忘了什麼？根據稍早得到的資料顯示，赫爾瑞玻璃蜂巢飯店裡發生了一起命案，被害人是溫絲．古爾欽博士，也就是您的員工。關於這一點，您沒有什麼要交代嗎？」

音調沒有起伏的女聲。只有聲音。鏡頭根本不會往底下拍。

她的發言，在記者會現場投下一枚震撼彈，讓底下紛紛鼓譟了起來。即使不在現場，也可以明顯感受到氣氛爲之一變。楊可珞可以想像諸多記者交頭接耳的畫面。

難怪杰瑞德好整以暇——只要將消息放出去，自然有人成爲自己的分身。

「妳的消息很靈通，哪天要是不做記者了，歡迎來應徵我們集團的公關部——或者是我的秘書。」幾乎是反射動作，羅菲朗．亞爾沃達斯又一次堆出笑容，十指交扣輕抵著桌面在上頭投射出蜘蛛腿足般的陰影。「的確，誠如這位記者所言，今早飯店除了汽車攻擊以外，還發生了另一起案件。不幸的是，死者確實是溫絲．古爾欽博士。我們都知道她加入亞爾沃達斯以來，一直都有很大的貢獻。特別——特別是今年，Home Wrecker在世界各國取得空前的成功，她更是居功厥偉。今晚，在嘉年華次夜的宴會上，我們會舉辦一個簡單的儀式，來爲先行一步離開的古爾欽博士默哀。」

「爲先行一步離開的古爾欽博士默哀……」嚴拓嘀咕道，玩味著羅菲朗．亞爾沃達斯最後說的這句話。

「遽聞古爾欽博士的死——並不單純。」出言發問的仍然是那名女記者：「想請問亞爾沃達斯先生，有沒有可能是恐怖份子所爲？目的是爲了抗議亞爾沃達斯集團近年來跟各國國防部掛勾，籠罩在軍國主義（Militarism）的色彩之下。」

「又是恐怖份子？看來大家喜歡把所有事情全牽扯在一塊兒談——那麼，我索性一併說明，也省得大家方便。」他的笑容依舊完美無缺，順手將塗抹髮油的瀏海理了一下，從容說道：「正如同我一開始所說明的，爆炸案和汽車攻擊無關，那麼又何來古爾欽博士遭恐怖份子刺殺一說？我可以向各位媒體朋友保證，古爾欽博士的死跟恐怖份子沒有絲毫關聯。由此我們能夠說——這幾起意料之外的突發事件，其實是一連串『偶然』碰在一塊兒的巧合。」

很巧妙的論述方式。

但女記者沒有因此被動搖立場：「亞爾沃達斯先生，先謝謝您的肯定與邀請——不過回到問題，我想您還是沒有理解我的意思。畢竟還沒有結案，我們先按照您的說法，假定爆炸案和汽車攻擊無關，但即使第一起案件和第二起案件無關，並不表示這兩起之中的其中一起和第三起案件，也就是古爾欽博士的命案無關。」

縱然被點破邏輯中的破綻，令人不解的是，羅菲朗・亞爾沃達斯仍舊是一副氣定神閒的模樣。

他到底握著什麼底牌——嚴拓心底閃過這個念頭。

女記者繼續說道：「我還是要問，難道不會是恐怖份子所爲？您的保證，依據究竟從何而來？除非您——確切知道古爾欽博士遇害的原因。」一點也不擔心這番言論聽起來像是某種會替自己惹上麻煩的指控：「畢竟近年來國際局勢動盪大家心知肚明，世界各地知名人士被暗殺的例子所在多有——另外，是不是也有可能是同業惡性競爭導致？甚至是公司內部出現不爲人知的利益衝突？就算您能大聲疾呼古爾欽博士的死和恐怖份子無關，但對於其他可能性也不能置若罔聞。特別這是在業界最盛大、由您所主辦的『滿月嘉年華』期間發生的事，您認爲其中難道沒有一點暗示嗎？甚或，我們可以直接說——警告？」

女記者話中絲毫不掩藏指責羅菲朗．亞爾沃達斯企圖息事寧人的態度。

然而畫面中的男子眼神絲毫沒有動搖。

周遭靜默，全聚精會神等待他的答覆。

沒有耍任何花招，羅菲朗．亞爾沃達斯用極其緩慢的速度收起笑容。

「溫絲．古爾欽博士是自殺的。」他說道，聲音無比清晰。

記者會在這簡短的一句話後，結束了。

10

赫爾瑞玻璃蜂巢飯店，第八十七層，遊戲室。

Well, you burst on the scene were already a legend
The unwatched phenomenon

洋溢鄉村風情的遊戲室內，迴盪著Joan Baez[35]充滿靈魂、歷久不衰的嗓音。

選用的玻璃和其他樓層明顯不同，是較爲不透光的淺褐色，讓室內看起來昏昏暗暗，營造出一種復古情調。畢竟是渡假天堂，即使是八星級飯店，也鮮少有人會放著大好天氣不去島上四處溜達。因此，此刻窩在這裡的只有三三兩兩零落幾人。且男性居多。

曾有研究指出，心理層面上的男人，比起心理層面上的女人來說，好奇心要來得微弱許多——想來大概是眞的。

撞球桌旁佇立著一名肚腩微凸的禿頭男子，身穿紅藍白三色條紋POLO衫。他是英國軍事最高統領國防部長史丹利．莫茲提茲拉，這會兒正細細扭動手腕，用巧克（Chalk）打磨撞球桿前端先角（Ferrule）。

一個人自然無法成局——坐在一旁單人沙發裡，手上持著酒杯的，是美國軍事最高統領國防部長喬治．多魯亞圖。和史丹利．莫茲提茲拉相同，他也換下昨晚宴會時肅穆筆挺的軍裝，穿著低調的素白襯衫。在幽暗光線中，看起來像是摻了些灰色。

將巧克隨手擱在撞球檯上，史丹利．莫茲提茲拉俯低身子的同時，慢慢瞇細眼睛，深深吸一口氣手肘往上拉揚，叩——脆亮一聲，白球宛如子彈般迸射出去。

「眞可惜。」喬治．多魯亞圖低頭啜一口酒。

「已經發生的事，沒什麼可惜不可惜。」史丹利．莫茲提茲拉冷冷說道。

35 著名鄉村民謠歌手，長期支持反戰運動。

喬治・多魯亞圖又啜了一口酒，才甘心起身。

他抓起斜架在一旁牆邊的撞球桿，來到撞球檯邊，來來回回兜著圈打量了好一陣。

「放輕鬆點，我們是打球，不是打仗。」史丹利・莫茲提茲拉坐在另一張沙發，雙人沙發，另一側座位趴臥著他的愛犬，Amy，一隻滿臉橫肉、眼睛小到讓人打從心底發寒的阿根廷杜告犬（Dogo Argentino）。

「要是你也這麼想就好了。」

聽到喬治・多魯亞圖的回應，史丹利・莫茲提茲拉抿住嘴，勾起一邊唇角，擰了擰始終通紅的鼻頭冷笑一聲，抓起酒瓶往杯中注酒。他倒得粗魯，酒液濺灑而出，Amy猛搖著尾巴吐晃著又肥又長的舌頭。

「六號球。」忽然有人出聲。

繃緊腰背，正準備出手的喬治・多魯亞圖猛然收住力道，他抬起眼，和站在撞球檯對面的男子對上視線。很少人能和自己對望這麼久而不移開目光。他想著，垂眼看回檯面，思索片刻恍然大悟——六號球確實是好選擇。先用母球打四號球，最後反彈的六號球會擋在七號球和九號球之間，這樣一來對方下一輪就只能防守。

喬治・多魯亞圖再度抬眼盯住男子——五官立體，雖然是東方人，卻神似某位堪稱戲精的好萊塢演員。他記得當年還沒結婚時曾和老婆去電影院看過，劇情已然模糊，倒是老婆彼時哭得唏哩嘩啦的模樣直至今日仍歷歷在目。他連忙拉回注意力，定定看著男子，終於找出對方讓自己在意的原因：男子的眼神相當澄澈。

印象中——在自己將六十年漫長軍旅歲月裡，他見過許許多多人，特別是男人，但還沒碰過一個男人有這樣的眼神。那種清澈，彷彿這幾十年的生命經歷，不曾在他心中留下半點陰影。

還是說，他有什麼方法淨化自己——像在水中加入明礬的古老手法一樣。男子有著孩子的天真和古董的靜寂感。

這個人很危險。

經年累積的野性直覺如此提醒喬治．多魯亞圖。

「這位是……」史丹利．莫茲提茲拉抬頭瞥男子一眼，立刻看回他的老朋友喬治．多魯亞圖。

喬治．多魯亞圖雙手握住撞球桿，身子靠上去，噘起下嘴唇，聳了一下肩膀。賭對了。

「您好，我叫嚴拓。是一名精算師。」

今晚嚴拓穿著輕鬆的T恤和牛仔褲，當然刻意選擇風格不同的打扮也有關係——在滿月嘉年華首夜時，對遊戲一點興趣也沒有的兩人，果然不記得自己的長相，沒發現這會兒站在眼前的這個人，就是那晚第一個受獎者。

不……準確來說，他們兩人不是對遊戲不感興趣。

他們著迷、愛不釋手的，是更眞實的遊戲。

「有什麼事嗎？」喬治．多魯亞圖問道。

「你干擾到我們打球了。」坐在後方的史丹利．莫茲提茲拉不快說道。

Amy朝他吠了一聲。

「你也是來玩的？其他桌還空著。」喬治．多魯亞圖朝遠方抬了一下下巴。他說的沒錯，還有七、八座撞球檯乏人問津，像是古代尚未點燃的烽火台。

「我可以加入嗎？我朋友好像爽約了。」話一脫口，嚴拓才在想：現在還有人使用「爽約」這個詞嗎？

「不方便。」史丹利．莫茲提茲拉立刻回絕道，掏出雪茄盒，剪去雪茄帽，點火抽起了雪茄。使用的是不會影響雪茄味道的丁烷打火機，抽之前還在尾部輕輕吹了一口氣，作風老派講究。

「你先抽。我陪這小子玩一局。」

他翹起腳說道：「隨你高興。反正這局被他攪亂了。」

這發展，其實史丹利．莫茲提茲拉再樂意不過。論球技，自己不是喬治．多魯亞圖的對手，輸多贏少——這樣的較量一點意思也沒有。他在心底恚恨想著，抽了一口，像是想把蓄積在胸膛裡的鬱悶吐出似的，使勁往半空中噴出一大團煙霧。

新局開始。

嚴拓秀了一手香蕉球（Swerve）[36]。

「你常玩？」

「偶爾，像這樣出來渡假的時候會手癢——以前念研究所時經常玩，畢業後開始忙了，就少打了。」

說到這邊，他的眼神在多魯亞圖和莫茲提茲拉之間流轉，微微瞇起眼睛曖昧問道：「方便冒昧請問，你們在一起多久了？」

聞言，喬治．多魯亞圖一時控制不住，居然笑出聲來。史丹利．莫茲提茲拉沒仔細聽兩人說話，閉闔

36 滾動軌跡成弧狀、可以繞過障礙物的拐彎球。

雙眼沉浸在自己的世界中吞雲吐霧，懸在半空中的鞋尖還跟著Joan Baez的歌聲打起了節拍。

「我們沒在一起，是老朋友。」

「不、不好意思——」

「沒關係，也算開了眼界，我從來沒想過兩個老男人一起出來玩竟然還會被誤會——啊，這句話聽起來就很有戲，對吧？」

嚴拓跟著笑了。

沒想到眞的有效——嚴拓暗自訝異。這是杰瑞德教他的招數。

「保證有用！」不曉得爲什麼當時在酒吧裡喊出這句話的杰瑞德要擠出二頭肌。

「叫我喬治就好。」喬治．多魯亞圖伸出手。

很快整理好思緒，嚴拓伸出手，兩人握了一下。

「精算師賺不少吧？」

「還可以，，日子沒從前好過。老實說，現在的精算師只是輔助，很多事都讓機器做了，說不定再過不久這行業就會消失。」

嚴拓跳球（Jump shot），母球撞開四號球停在六號球前面。

輪到喬治．多魯亞圖。

「不會吧？要是大家都賺飽的話誰賠錢？」他想了一下又說道：「可是，的確，這年頭，很多事說變就變，誰都不曉得未來會怎麼樣，還是趁年輕趕快存些老本。」

「存老本啊——我還跑到這種地方渡假……」嚴拓自我解嘲，緊接著，眼神驀然黯淡下來，低聲碎語道：「不過，難得狠下心砸大錢出來玩，沒想到會碰上這種事……」

「這種事？啊，早上那件事嗎？不是沒人受傷？」

嚴拓故意沒說是哪件事——喬治・多魯亞圖第一時間的反應是飯店大廳的汽車攻擊。

「你沒看剛剛的記者會？」他決定繼續試探。

「記者會？什麼記者會？我應該要看嗎？」

「這家飯店，早上，就是今天早上，發生了一起命案——有人死了。」

喬治・多魯亞圖這會兒被勾起了好奇心，虎背熊腰的他，單手架住撞球桿宛如握住一柄戰戟頗有頂天立地之勢，目光投向站在斜對角的嚴拓。

「誰死了？」

「好像是叫什麼溫什麼的，我沒聽清楚，姓古爾欽，是個博士。」

「還沒抓到兇手？」

「還沒。」嚴拓答道。對方語氣坦率、態度自然，看來似乎真的不認識溫絲・古爾欽；也沒收看記者會直播，不知道羅菲朗・亞爾沃達斯最後說的那句話。

「難怪你擔心。」喬治・多魯亞圖咧嘴笑了一下，他的牙齒異常潔白，讓人聯想到陳列在潺湲河邊的鵝卵石。

「你不怕？」

「怕？」喬治・多魯亞圖睨視著他。比起「輸」，他更厭惡「怕」這個字。並不是沒什麼好怕的——相反地，該怕要怕的東西實在太多太多了。可也正因爲如此，才更不能怕。這樣想著，手裡的撞球桿愈握愈緊，幾乎快把掌心磨破。

「對啊——那個殺人兇手說不定還在這家飯店裡！」嚴拓提高了音調，被雜音干擾到似的，史丹利．莫茲提茲拉停止擺動鞋尖，睜開眼睛瞄向這邊。趴臥著的Amy也豎起耳朵，耳尖細細顫動幾下。

「好可愛的狗！」冷不防出聲的是楊可珞，穿著一襲初春嫩綠色小洋裝的她，懷裡抱著一隻威爾斯柯基犬（Welsh Corgi），用和平日截然不同的嬌嗔語調細聲喊道，直接大剌剌擋在史丹利．莫茲提茲拉面前，將兩名五星上將硬生生隔開。

「這種事怕也沒用，警方會妥善處理。」喬治．多魯亞圖沒留意另一邊發生了什麼事，專注於自己和眼前男子的對話。

「不曉得跟亞爾沃達斯集團有沒有關係？說不定是恐怖份子做的。」

「亞爾沃達斯集團？」

「你聽過吧？就是那家很大的公司，你現在手上戴的智指戒就是他們公司的產品。」

「我對科技業不熟，也對3C產品沒什麼興趣。這玩意兒是我女兒送的——不過，爲什麼你會認爲那博士的死和亞爾沃達斯集團有關？博士……她是亞爾沃達斯集團的員工？」

「沒錯！看新聞，她是Baal的員工，印象中，Baal是亞爾沃達斯集團的子公司，去年營收進入全球兩百大。」

「Baal……」

不曉得是不是錯覺，有那麼一瞬間，嚴拓感覺喬治．多魯亞圖的表情有些僵硬，略微鬆弛的臉頰肌肉觸電般迅速抽搐了幾下。

「她好像是Home Wrecker的開發者之一，這款遊戲你聽過吧？」

「沒聽過。說起來，你似乎對科技業很熟悉？」

「職業病，和錢相關的資訊都是我們工作的一部分。總市值堪比天價難以估計的亞爾沃達斯集團不用說，Home Wrecker是今年橫掃全球遊戲市場的話題之作——我們的事務所也有涉足娛樂產業，這點資訊量是家庭作業的程度……」嚴拓話鋒一轉：「像你手上這隻錶，眞奇怪，在我印象裡，並沒有對外販售，是亞爾沃達斯和勞力士合作，聯名推出的紀念款，據說連他們公司的高層也不見得能拿到——你女兒在亞爾沃達斯上班？不對啊？但你剛剛說對科技業不熟，自己孩子上班的公司，不可能沒印象吧？」

嚴拓孤注一擲，根據杰瑞德的情報顯示，喬治・多魯亞圖只有兩個兒子。老大和他一樣進入軍隊。另一個則從事精算師一行。

「我——」

「嚴先生！」

逼問被硬生生打斷——嚴拓和楊可珞望向聲源。其實根本無須轉身，從那好比烏鴉的粗嘎音質便能知道來者是誰。

寇迪安比拍了拍杰瑞德的肩膀，將他往前一推。

「你是昨晚宴會上的記者……」喬治・多魯亞圖立刻認了出來。

畢竟膽敢當面挑戰羅菲朗・亞爾沃達斯權威的人可不多見。

「怎麼了？」史丹利・莫茲提茲拉迅速站起身來，Amy從沙發裡頭縱身躍下，毛像是起了靜電似的微微豎起，警戒地盯住杰瑞德。

「我看這傢伙在外頭鬼鬼祟祟的——你們到底在這裡搞什麼鬼？」

「多魯亞圖部長、莫茲提茲拉部長。我是泉春川紀子，這位是寇迪安比·范考特。隸屬於國際刑警局，是此次負責處理利伯馮騰格瑪和平會一案的調查員。」

「他們和利伯馮騰格瑪和平會有關？」史丹利·莫茲提茲拉分別看了看楊可珞、杰瑞德，目光最終停在嚴拓身上。他的眼神鋒利如刀——要是現在真的給他一把刀，向來大權在握高高在上隨便一個按鈕就能夠殲滅成千上萬人的他，恐怕會將眼前這些欺騙自己的傢伙碎屍萬段。

至於喬治·多魯亞圖，則用冷靜到足以一槍斃命的視線盯著嚴拓一人。

「不，他們和利伯馮騰格瑪和平會沒有關係。」紀子解釋道。「他們是溫絲·古爾欽博士的朋友。」

「溫絲·古爾欽？她是誰啊？」史丹利·莫茲提茲拉粗聲問道，下意識看向他的老搭檔喬治·多魯亞圖。

「今天早上發現陳屍在飯店客房裡的死者。」紀子答道。

「她的死，跟我們有什麼關係？這些傢伙為什麼要接近我們？到底有什麼意圖？你們、你們給我好好問問他們——要是你們國際刑警局沒有能力處理，就讓我們軍方來。」

「我想是誤會。」

「誤會？我都跟這女孩聊到Amy最近生了三個女兒了，妳還敢跟我打馬虎眼，說是誤會？」

「都是他——」寇迪安比冷不防又往杰瑞德背部重重一拍：「是這名記者在旁邊煽動他們，你們昨晚也見識到了，他的反戰立場有多麼堅決。」

「既然國際刑警局接手處理，我們就別多管了。」喬治·多魯亞圖說道，望向嚴拓：「有機會再把這局打完。」話一說完便轉身，跨步往遊戲室門口走去。

「千萬記住，你們給我好好處理，我會跟你們上頭提起今天這件事。」史丹利．莫茲提茲拉快步跟了上去。Amy扭著屁股尾隨在後。

寇迪安比雙手叉腰，仰向天花板重重吐出一口氣：「現在可以解釋一下……到底是怎麼一回事？啊，我明白了——你們想當偵探？有沒有搞錯，現在都沒人看推理小說了！」

目睹寇迪安比近乎歇斯底里的反應，杰瑞德忍俊不禁。

「可珞，嚴拓這麼做就算了，我知道他有時候邏輯很——很特別……可是怎麼連妳也跟著起鬨？」

「攔不住他，就只好參與，保護他了。」楊可珞倒沒有替自己開脫的意思。

「我明白，我不是有意怪妳的——你知道這麼做有多危險嗎？那兩位都不是好惹的。」她壓低聲音往門口瞄了一眼。

「我知道，他們是每分鐘幾百萬、甚至幾千萬上下。」嚴拓雙關說道。他難得話中帶刺。

「是幾百萬、幾千萬人命嗎？」杰瑞德就是非點破不可。這是記者的天職。他和嚴拓彼此默契眨了一下眼睛。

「你也看了記者會吧？一定看了，既然你這麼關心這起案件——那麼你應該有聽到羅菲朗．亞爾沃達斯說的吧？」

「說到這個，太好了——你們不找來，我也打算去找你們。」嚴拓一面說道，一面興奮眨巴著眼睛。

「找我們有何指教？」寇迪安比不懂等待是美德。儘管是舊時代的美德。

「我不相信羅菲朗．亞爾沃達斯說的話。我不相信溫絲她會自殺。當中肯定……肯定發生了什麼——」

「我倒是想請問你，你爲什麼這麼有把握古爾欽博士不會自殺？」寇迪安比忽地出聲打斷他的話。

嚴拓定定注視著他：「因爲她是母親。成爲母親以後，不會這麼輕易放棄生命。」

「原來是用嘴巴辦案啊？」寇迪安比抽了一下鼻子冷笑：「母親？好感性的理由——你以爲現在是在拍電影嗎？在現實世界裡頭，辦案是講證據的！」

「寇迪安比。」如同前幾回兩人你來我往時的處理方式，紀子喊住他。她走向前，伸手輕輕搭住嚴拓的胳膊，柔聲問道：「就算你不相信羅菲朗．亞爾沃達斯說的話好了，但是爲什麼，會跑到這裡來，想方設法接近他們呢？」

嚴拓低垂眼睫。「一般人難以進出，再加上到處有監控，要在這樣的飯店裡殺人，難度肯定異常地高——可是反過來說，一旦成功了，而警方又無法在短時間內破案，便表示找出兇手的難度也是異常地高。」

寇迪安比不自覺附和著點了點頭。

「我想，在這樣艱鉅的情況下，兇手很難單獨犯案——也就是說，我認爲兇手背後有勢力支撐，只是現在我還不能確定是哪一方勢力……況且，我覺得大家都太快排除恐怖份子涉案的可能性，以及……以及……」

「我來說好了——如果恐怖份子有可能是兇手，那麼軍方當然也有可能。」杰瑞德將嚴拓語帶保留的部分直接揭露。

這就是嚴拓不惜冒險和軍方高層接觸的原因。

他想親眼確認。

「你現在是把軍方和恐怖份子相提並論？」寇迪安比斜睨著杰瑞德。自己和這傢伙上輩子——不，恐怕連上上輩子都是冤家。

「Why not?」

杰瑞德的話音尚未收束，還懸在半空中，只見寇迪安比冷不防拔腿衝向杰瑞德，沒有絲毫預兆，一把將他往牆上重重推去，緊接著，像是想把他嵌進壁面裡似的全身重量攢壓在他身上的同時，用那雙指節粗大分明的手掌牢牢扣住他的脖子——下一秒，側頸和太陽穴繃出青筋，寇迪安比緩緩加重掐捏力道。

情況過於突然，所有人都愣在當場一時半刻無法反應過來——先回過神來的仍然是嚴拓。他一個箭步奔向前去，抱住寇迪安比的臂膀想將他拉開來。無奈寇迪安比宛如摔角手般的健碩體格紋風不動。

向來玩世不恭的杰瑞德，起初以為寇迪安比在跟自己開玩笑——畢竟自己什麼場面沒見過。他咧嘴笑著拍了拍寇迪安比的手肘，對方沒有鬆手。再扳住他的手腕，這會兒非但沒有鬆手，粗圓指頭還狠狠掐進自己的脖子。

一時間，杰瑞德感到呼吸困難，奇怪的是，視線並沒有如小說或者戲劇裡說的那樣變得模糊，反而是益發清晰——寇迪安比近在眼前那張快把眼珠子瞪出來的臉孔像是在對自己低吼：我要殺了你。

杰瑞德開始掙扎，但為時已晚。視線眞的開始模糊了——他眼前一黑。

噗咚。

深呼吸一口氣，聲音逐漸響亮的同時——世界陡然一亮。

「杰瑞德、杰瑞德——你沒事吧？」嚴拓蹲下身來，將身子癱軟、靠坐在牆上急遽喘息的杰瑞德撐住。

「能死在你懷裡，也就沒有遺憾了。」

「還能說垃圾話，看來是沒事了。」楊可珞從喉嚨裡擠出聲音，還擠出僵硬的微笑。她需要這麼做，需要做些什麼好從方才的震撼中恢復過來——她訝然發現，原來面對近在眼前的暴力，自己無能為力。

「你在做什麼！」確認杰瑞德無恙後，嚴拓扭過頭，抬起下顎瞪著若無其事的寇迪安比大聲吼道。

在楊可珞的記憶裡，這是嚴拓成年後頭一回發飆——十六歲那年，他把那個衝撞自己的肇逃駕駛揍得幾乎半死。

面對嚴拓的咆哮，寇迪安比咧出不甚在意的笑容，晃動龐大身軀向後退開半步，雙手一攤。令人疑惑的是，向來作為「衝突防火牆」的紀子，面對這場混亂，始終不為所動，一副放狗咬人的凜然神情——楊可珞在心底分析著。

「沒什麼——放輕鬆，只是為你們演示一下……」寇迪安比一派輕鬆，悠然說道：「你們不是很想知道古爾欽博士之死被判定為自殺的原因嗎？」

剎那間，嚴拓被他的話揪住胸口，感覺心臟被掐住般噗咚噗咚、噗咚噗咚不由自主加快再加快想重新獲得血液。

「這就是答案。」寇迪安比說著，將攤在半空中的雙手倏地翻過來。

只見他的手背上滿是鮮紅爪痕，不僅瘀青腫脹起來，有幾處甚至滲出了血。

是杰瑞德剛才試圖掙脫時抓傷的。

「如同你們所知，古爾欽博士是被掐死的。在雙手沒有受到束縛的情況底下，人被掐住脖子時，大多會這樣掙扎——」

「所以呢？手背上有傷痕的就是兇手？那還不簡單，將所有進出這間飯店的人全過濾一次。」

「高芬先生，請耐心聽我說完。」寇迪安比朝他比了個安撫手勢後接續說道：「兇手可能戴了手套——不過現在的重點，不在這裡，而是在……那裡。」他突然打直胳膊，直指著杰瑞德的雙手。

杰瑞德投降似的舉起雙手左右擺頭看了看，眼神無辜，臉上寫滿困惑。

「指甲……」

「嚴先生果然觀察入微。」寇迪安比已經見識過嚴拓心思之細膩，卻仍然忍不住語帶奚落。他偏頭和杰瑞德對望：「就是指甲。掙扎時你抓傷了我，所以現在你的指甲裡，可以驗出我的皮膚細胞。或者，至少也會殘留手套的纖維。」

「說不定兇手清理過了，剪掉她的指甲之類的——」

「不，重點不是『找不到證據』……」沉默良久的紀子忽然開口：「而是我們在指甲裡找到的，是古爾欽博士自己的皮膚碎屑。」

11

一個身穿綠色圓點睡衣的女人佇立在落地窗邊，背對著偌大房間，將自己往看不見盡頭的夜晚拋擲，恍恍惚惚，有一種失足跌入深淵的錯覺。她伸手想按住玻璃穩住身軀，卻又忽然收住，彷彿怕這面保護著自己、不至於讓自己墜落的玻璃轉眼間消失。

她深呼吸一口氣，像試圖找回自己；她雙手握緊拳頭，像想加重重量讓自己穩定下來不再顫抖。

她覺得自己成功了。

抬起臉，她重新望向遠方。在如墨魆黑的幽幽夜色中，光芒強勁的滿月顯得格外突出，宛如一顆鑲嵌在戒台上的巨大寶石。

從背後看過去，女人被圈在月亮裡的身影愈縮愈小，像是一步一步往月亮走去似的——女人冷不防打直雙臂，將自己推離窗前。她舞蹈般踏點碎步轉身，直直走向那張遼闊猶如漁網的床。躺下。如同「床」被發明出來的意義。她躺下，然後閉上眼睛。她想起從前那個被自己緩緩放下時同樣慢慢閉上眼睛的洋娃娃。

長長的眼睫毛把空氣一絲一絲刷開來，肌肉放鬆的同時，心情也隨之舒緩。

四周悄然靜寂。

就在下一秒，猶如甩鞭，女人中邪似的四肢猛地一彈；像一道鎖，曲起的雙手緊扣住自己的脖子——身子往下沉再往下沉，她不斷用力、不斷用力，想把脖子直接捏碎般死命掐握。

漆黑視線豁然亮起，首先映入眼簾的是天花板上的精緻繪畫，《最後的審判》（Il Giudizio Universale）。

吸不到空氣——

透過天使的眼睛往床上俯視，床上的女人不知何時——竟然變成了男人。

而那個陷在床裡拼命蠕動掙扎快把眼睛擠出來卻怎麼也發不出聲音的男人不是別人，正是嚴拓自己。

嚴拓猛然睜開眼睛，驚醒過來。

即使是配合使用者體溫隨時調控的空調，也無法阻止惡夢帶來的渾身冷汗。

「幾點了……」嚴拓咕噥道，天花板上的繪畫逐漸變淡，天堂樂園澈底消失以後，浮現出幾個數字。

五點二十分。

他按了按眼睛。原本只是想小睡片刻，脫了衣服僅僅穿著內褲就跌上床的嚴拓，此刻像是剛從游泳池裡爬起來似的肌膚晶亮濕濡，厚實胸膛上還盛著幾顆豆大汗珠。

手從眼睛上移開，和復又飛回的天使對上視線。

人有可能掐死自己嗎？

嚴拓心中盤桓著這個疑問。

除了死者無人進出房間……

死者指甲裡驗出死者自身的皮膚碎屑……

房門無預警開啓，一道人影迅速竄進。

還搞不清楚狀況，對方便高聲叫嚷道：「太殘忍了！太殘忍了！這簡直是懲罰！」

是杰瑞德，他衝著幾近全裸的嚴拓哭天喊地，還繞著房間打起圈來。嚴拓不由得聯想到幾年前正式滅絕的歐洲黑蜂（Apis mellifera mellifera）。一部分原因或許和他的服裝配色有關——一身黑西裝的他，脖子繫著亮黃色領結。

方才的夢境再度被召喚回來：黑色夜幕裡的鮮黃滿月。

「什麼殘忍？你剛剛說什麼殘忍？難道、又出了什麼事？」嚴拓從床下跳下來。難得見他如此慌張。

「沒出什麼事，是楊可珞要我過來接你。」

「接我？」

「送你去會場啊——她不放心。你知道，我也不放心。」杰瑞德說著又開始對嚴拓上下其手，他若無其事搭住嚴拓的腰。「你流了好多汗。」惡作劇般吐出舌尖舔了舔嘴唇。

「那可珞人呢？」

「當然是先跑去會場確認啊——你沒看到她那氣勢，一副要把整個會場都給翻過來的樣子！」他用空出的另一隻手按住額頭。

「昨晚的事根本防不勝防。手法太刁鑽了。」

「她聽不進去的。你知道她就是死腦筋。」

「所以是什麼殘忍？」嚴拓忽地想起來，追問道。

「這個啊——」杰瑞德往後退開，朝穿著低腰四角褲的半裸嚴拓比劃了幾下。「殘忍啊、太殘忍了！你趕快把衣服穿上，我——我快受不了了，先進廁所等！」不等嚴拓回應，他匆匆忙忙背過身去一溜煙溜進廁所。

望著試圖逗笑自己的杰瑞德遠去的背影，嚴拓不由得莞爾一笑。

●

和杰瑞德一樣，嚴拓也選了一件全黑的西裝，領帶還沒繫，鈕釦也還沒扣，襯衫領口向外敞開。

銀色加長禮車在開往滿月嘉年華會場的路上。渡假地區的馬路總是格外空闊，交通一路順暢，直到——

車子猛然煞停，想當然耳車身沒有絲毫震動。「這些傢伙怎麼跑到這邊來了？」司機咕噥道。

「怎麼了啊？」正在閱讀資料的杰瑞德抬起頭來，壓低身子向前張望。

「抗議隊伍。」司機瞄了照後鏡一眼：「應該是利伯馮騰格瑪和平會的抗議隊伍。請兩位稍等，待我向控制中心確認。」

「你在吃什麼？」杰瑞德發現嚴拓嘴裡有東西。

面對這段插曲，行程被耽誤的嚴拓不僅不感到困擾，似乎還覺得有些意思。「軟糖。要吃嗎？」

「嗯……沒有理由拒絕。你幫我挑一個。」杰瑞德一把解開安全帶，挪動屁股湊過去的同時張開嘴：「啊——」

「我找找。」嚴拓埋頭翻找好一陣。

「啊……啊……快一點我下巴快脫臼了——」仍然張著嘴巴雛鳥般等待的杰瑞德含糊不清呻吟道。

「這個。這個適合你。」

捏在嚴拓指尖的，是帶著淺紅色的龐貝劇院。[37]

「五月的玫瑰啊——[38]」杰瑞德將軟糖一口塞進嘴裡。

「是嗎？我知道了。詳細情形由我這邊直接向警方報告。」司機切斷通話。

37 有一說法，凱薩大帝因為獨裁的緣故被誘殺於龐貝劇院。

38 英國詩人傑弗里・喬叟（Geoffrey Chaucer）曾形容埃及豔后克麗歐佩特拉七世「如五月的玫瑰般美麗」。為了鞏固國內政權，克麗歐佩特拉七世成為凱薩的情婦。

「警方？找警察做什麼？」杰瑞德一面大口咀嚼，一面忙不迭問道，聲音甜滋滋糊成一團。

「當然是報警抓他們。他們沒有申請這個路段。」

「沒必要報警，我們繞路吧。」嚴拓說道。

「很抱歉，嚴先生，出於安全和時間安排，在出發前，每輛車的路線皆已事先搭載，任意更換路線，恐怕不妥。」

「也太不知變通了吧？你又不是機器人！」

「你怎麼知道我不是？」司機正色說道。停頓一下抿唇一笑。「開玩笑的，先生您不會生氣吧？」

「我嚇到了。」杰瑞德故意用誇張的動作拍了拍胸口，打趣說道——不過說實在的，他那制式化的微笑確實像機器人。

現在的車大多是自動駕駛的無人車，真人司機反而成了需要額外付費的選項。

維齊洛波奇特利島賣的是「觀光」，而觀光是最複雜的服務業，既然是服務業，讓顧客擁有「被服務」的感受，也是產品的附加價值之一。

因此，島上的車皆配備真人司機——不過，與其說是司機，「伴遊」或許更貼切些。

「有事我負責。跟他們說半路我肚子疼，去餐廳借廁所。」

「嚴先生，我——」

「司機先生，等警察來趕他們走，都不知道是多久以後的事了——」杰瑞德爬上駕駛座椅背，拍了拍他的肩膀，湊近他耳邊：「你看看、你看看，活動再不到半小時就開始了，先不說梳化，還要和一些名人打招呼、套交情——這種場合應酬建立人脈比有沒有得獎重要得多！現在，你看看，要是遲到了怎麼辦？

你負責嗎？嚴先生都說他要負責了你爭什麼？現在立刻改變路線，雖然會稍微繞些路，但肯定能比在這裡耗下去更早抵達會場。」

司機被杰瑞德說動了，但要他做出這麼重大的決定實在需要強大的勇氣。要是自動駕駛的人工智慧可以幫自己做出決定該有多好——他又一次瞥向照後鏡，這回和目光如炬的嚴拓對上視線。他妥協了。倒車駛上另一條路。

路況恢復通暢。

司機的話匣子似乎也被打開了。

「這些傢伙到底是怎麼搞的啊……」

杰瑞德躺回椅背。「什麼意思？你不認為當社會不公、世界不安的時候，人民可以走上街頭提出自己的訴求？」他的語氣很微妙，聽不出是試探抑或眞的被惹毛了。

一旁的嚴拓往車窗瞥去，望向遠方。

白燭燈塔猝不及防映入眼簾。

從這裡居然能看到——嚴拓感到訝異。

要是現在打開車門一路往那邊狂奔的話，能看到明信片上那幅令人驚奇的景象嗎——嚴拓思緒一瞬間飄往莫里特安海岸。

「他們提出自己的訴求是沒關係啦，但是不要影響到別人啊！影響到別人不好。」司機手指敲打著方向盤。

「你有沒有、一秒鐘也好，想過他們提出的訴求，或許有一天會直接、或者間接影響到你？我問你

——」杰瑞德打直腳，用鞋尖頂了頂駕駛座的椅背，接續方才未竟的話語：「假設今天提出的訴求對你的權益產生正面影響，你支不支持？」

「當然支持！」司機激動喊道，還側過身子撇向後頭：「可是這些都無法預測啊！要是每個人都這麼搞，世界不就一團亂了嗎？」

現在世界已經一團亂了——杰瑞德咬了咬臼齒，這才忍住這句吐槽。這句話說起來太傷心了。他擺了擺手重整思緒：「你這說法騙別人還行，我可不吃這一套——很多時候，並不是無法預測，是你根本沒有打算去了解。」

司機語塞。

過了半晌，他嘴唇細細蠕動似乎想說些什麼——杰瑞德也期待他說些什麼。

但最終他還是沒有出聲。

嚴拓瞄向杰瑞德，他的眼神彷彿能理解身旁這個熱血男子的想法。

杰瑞德瞄了回去，一把搶走嚴拓勾在手上的領帶。

「快到了——怎麼全都纏在一塊兒了！」他嘮叨著將纏絞在一塊兒的領帶解開：「過來，我幫你繫。」

好神奇——

「好神奇——」杰瑞德說出嚴拓的心聲，他彎起眼角憋著笑：「對吧？」

兩人方才仰望著屋頂。昨晚被炸彈炸得粉碎的玻璃屋頂，此刻已經完好無缺，宛如防護罩般開展開來將整座建築給籠罩住。

置身於防護罩底下的眾人愉悅交談、舉杯同樂，彷彿一幅歌舞昇平的世紀畫作。

「那什麼鬼？」

「莫札特（Wolfgang Amadeus Mozart）。」

「那個？」

「威爾第（Giuseppe Fortunino Francesco Verdi）。」

「好吧，帽子——那個呢？」

「李斯特（Franz Liszt）。」

「眞的假的？這樣你也能認出來？」

今晚的主題是「古典音樂」。這概念發想不難理解，不只是戲劇、廣告，許多遊戲的音樂都是改編自經典的古典樂曲。

以今年幾個備受矚目的遊戲爲例：《星河列車》之於布拉姆斯（Johannes Brahms）的搖籃曲*Lullaby Op.49 N0.4*、《R》之於蕭邦（Fryderyk Franciszek Chopin）的練習曲*Chopin Etude Op.10 No.* 3和《森林monster》之於舒曼（Robert Alexander Schumann）的*Scenes from Childhood*。

《小小小雪人》同樣也是如此，其中一首插曲靈感來自於俄國傳奇鋼琴家拉赫曼尼諾夫（*Sergei*

Vasilievich Rachmaninoff）的c小調第二鋼琴協奏曲。

「附庸風雅。」

「你中文眞的很好。」嚴拓笑道，摸了摸領帶。

「學長——」

「這是幻聽。拓，告訴我你聽不到。」杰瑞德閉上眼睛，又忙不迭睜大盯視著嚴拓，再次重複道：「告訴我你聽不到。」

「聽不到什麼？」嚴拓偏著頭嘀咕道：「學長？」

「學長——杰瑞德學長！」伴隨清亮嗓音，從杰瑞德身後冒出一名身材高䠷的女子。嚴拓對這音質有印象，他思索片刻，旋即恍然大悟：「妳就是今天在記者會上提問的記者！」

「你記得？這是我的榮幸！」女子伸出手和嚴拓握手，態度開朗大方。「我叫艾瑟潘．烏索。」

和名字予人的中性印象截然不同，頂著一頭挑染深褐色長鬈髮的女子，有著光滑緊緻的麥金色肌膚，身穿剪裁俐落、能襯托膚色的米白色套裝，腳上則踩著一雙純白色露芭鞋（Lubar），渾身散發出一股性感的時尚品味。[39]

「我研究所的學妹。」杰瑞德用大拇指比了比，而後撇過頭，話鋒跟著一轉：「妳來這裡做什麼！」

「來謝謝我最親愛的學長啊！謝謝他告訴我這麼重要的消息。」

溫絲．古爾欽的命案果然是他透露出去的——嚴拓看向杰瑞德。

---

39 近似羅馬鞋（Gladiator Shoes），因為女星露芭．詹歐奇而得名。

「不用謝。」

「這怎麼行——」艾瑟潘一把攬住杰瑞德的胳膊——就向杰瑞德經常對嚴拓做的那樣。

「當然行。」他連忙將手抽出來。

「我知道學長的企圖——沒關係，我被利用得很開心。」艾瑟潘說著，又把他的手撈過來拽進懷裡，緊接著像是聞到什麼異味般垮下笑容，皺起眉頭，噘嘴說道：「不過現在想起來……還是挺不爽的！記者會一結束，有個大塊頭醜八怪跑過來怪我，我猜是警察，說什麼都是我咄咄逼人，才會把古爾欽博士自殺的消息爆出來——拜託，關我屁事！根本是羅菲朗那傢伙自己大嘴巴！」

沒錯，艾瑟潘——或者說杰瑞德只是著了他的道。

羅菲朗．亞爾沃達斯恨不得讓全世界知道古爾欽是自殺的。這麼一來，就可以和亞爾沃達斯集團以及滿月嘉年華劃清界線。

即使杰瑞德料到打從一開始「提問時間」就是個圈套，卻仍舊不得不往下跳。只有跳下去，才知道坑裡是妖或鬼。

「不過他是怎麼知道的？」嚴拓問道。他指的是溫絲．古爾欽不是他殺而是自殺——羅菲朗．亞爾沃達斯肯定從什麼管道得到了警方的偵查進度。

「拜託，那是亞爾沃達斯集團的飯店耶！人多口雜——我成語不錯吧？」

「那些什麼樓層機器人、維安機器人的……不會全是他的眼線吧？」杰瑞德沒搭理她的玩笑話，拉回正題說道。「還有跟幽靈沒兩樣的智能管家。」

「不會吧——我認爲可能性不大。畢竟智能管家是飯店主打的特色之一。至於機器人，每一台機器人出廠時都必須經過嚴格的保密設定檢測。無論哪一個論點，皆事關整個集團的商業信譽，我還是覺得出現缺失的機率很低。」

「保密設定？」杰瑞德冷笑一聲。

艾瑟潘不知道他爲什麼嗤之以鼻——如果可珞在場，肯定也會跟著冷笑。

未來的發展奠基於對未知的信任。

這句話用來詮釋現代科技對人類的影響格外貼切。

以遊戲來打比方再貼切不過：名字、生日、手機、地址、信箱，甚至銀行帳密和個人ID——人們必須相信此一系統會保障自己的資料，才有辦法成爲這個世界的一份子。

「妳沒別的事要忙嗎？烏索小姐。這會場這麼多生面孔，不每一個都弄熟還算是記者嗎？」杰瑞德說著環顧了一圈。

「學長說的是！」她鬆開他的手，離去前輕輕拉了拉他的西裝袖子。「對了學長，我來這裡之前發了一篇新的新聞稿，希望你有空能看看，請多指教。」最後幾句近乎呢喃，和方才的灑脫神情相較之下簡直判若兩人。說完後逕自蹬著小碎步往會場另一側跑去。

「新聞？我倒要看看妳寫了什麼新聞——」杰瑞德嘴唇湊向指戒低語，召出了螢幕。

「她喜歡你啊？」

「你可不可以不要這麼會挑時機變聰明？」

「可珞在那邊，我過去找她。」

被內容吸引住，入神的杰瑞德一聲不吭，好似壓根兒沒聽到嚴拓說了些什麼。

「辛苦了。」嚴拓一面走向楊可珞一面招手說道。

「不辛苦。」

「今天好像多了不少『人』。」嚴拓稍稍加重最後一個字的重音，意有所指，往周遭多瞄了幾眼。和歡快宴會氣氛顯得格格不入的那幾張面孔，想必全是亞爾沃達斯集團的維安人員。倘若再加上國際刑警局專業的潛伏臥底模式——畢竟他只認得出紀子和寇迪安比。前者今天化妝成德布西（Achille-Claude Debussy），後者則沒見著身影。兩方人數加總起來恐怕突破兩百名。

上頭肯定也有人守著吧——嚴拓思忖著，抬眼瞄向玻璃屋頂。黃到快滴出水來的滿月似乎比昨晚更大了。

「與其說是為了賓客們的安全，倒不如說他更在乎面子。」楊可珞挑眉，視線往舞台上射去，標靶是踩著階梯登上舞台的羅菲朗・亞爾沃達斯。和昨晚較為活潑年輕的款式不大一樣，今天的他穿著和嚴拓相仿的全黑西裝，領帶也同樣是黑色的，只是上頭別了一顆鑲鑽的領帶夾，一看便知要價不菲。「無所謂，殊途同歸。」嫌浪費似的，她嘀咕著，收回目光望向嚴拓。

像是偷聽到自己和杰瑞德等人的交談，她也用了個成語。嚴拓想著不禁苦笑。

視線逐漸變得黯淡。

嚴拓意識到是燈光改變了。

「要開始了。」楊可珞將身子轉向舞台。

儘管對羅菲朗・亞爾沃達斯的行事作風不敢恭維，不過對於滿月嘉年華典禮本身，她還是給予肯定與重視——好比奧運（Olympic Games）之於運動員、普立茲新聞獎（Pulitzer Prize）之於記者、奧斯卡

（Academy Award）之於電影人抑或國際安徒生大獎（Hans Christian Andersen Awards）之於繪本作家。

「歡迎各位嘉賓蒞臨滿月嘉年華的第二夜——續夜。」今晚換了另一位主持人。

簡單開場後，發話權隨即移交至羅菲朗・亞爾沃達斯。

「我想取消今晚的致詞……這是一個不幸的消息……我想在場各位朋友一定都知道了……知道我們才華洋溢的好戰友，溫絲・古爾欽博士，非常突然，在今天早上離開了我們……」羅菲朗・亞爾沃達斯聲音裡有恰到好處的哽咽。

既要表示身為老闆痛失人才的不捨，也要傳達對於朋友選擇以自戕告別世界的懊悔。濫情顯得矯情，眼眶不泛淚光不擠出一點淚水，又被說是無情血汗企業——誰說員工才苦？老闆也不是好當的。羅菲朗・亞爾沃達斯一面在心底抱怨，一面擠壓嗓子背誦公關字斟句酌擬好的講稿。在這種場合連一個字都不能背錯。

不遠處，其中一根雕飾繁複的粗圓柱子旁，在花團錦簇般的叢聚面孔裡頭，嚴拓望見一張熟悉的臉龐。

是李璇。她身穿一襲及膝的黑色蕾絲洋裝，嘴唇蒼白臉色哀戚，連頭髮都枯萎一樣乾澀分岔。可是下一秒，那張一點生氣都沒有的臉孔，眉頭忽然間用力揪起，像是隱忍發怒又像是耐受痛苦似的緊緊咬著下嘴唇——甚至捏住拳頭。

「現在……讓我們為我們的好戰友——溫斯・古爾欽博士，默哀三十秒，讓她知道我們很想她，會永遠懷念她，包括她帶給我們的美好作品。」

眾人紛紛閉上眼睛，唯獨李璇獨自背過身從人群中擠了出去。

嚴拓向周遭看了看，沒找著中島介的身影。

身邊的楊可珞緊閉雙眼，雙手十指輕輕交扣握在胸前。

●

滿月嘉年華第二天的頒獎主軸是科技研發技術類。

與此配合，會場也做了些更動，不再是單純以呆板的「餐會」形式呈現，而是將會場劃分成好幾個區塊，開放獲得「認可」的遊戲會員——也就是儲值ＶＩＰ頂級玩家入場實際操作體驗。並同時輔以即時報導、網路轉播等方式，讓各公司得以透過跨平台的各種互動向民眾展示這一年來取得的成果，或者預告近期正在積極發展的相關研究。

簡單來說，就好比遊戲產業的園遊會。

當中最受矚目的「攤位」，自然是Home Wrecker。年初發表的作品，非但熱潮沒有絲毫消退的跡象，甚至因爲溫絲．古爾欽之死而成爲焦點中的焦點。入口前湧滿人潮，別說擠不進去，嚴拓只是想稍微靠近，都立刻被推了出來。

他往後踉蹌一步，突然一股力道從胳膊傳來支撐住自己。

「是你——」

是剛才怎麼找也找不著的中島介。

「這邊。」

中島介帶著嚴拓從工作人員通道進入Home Wrecker的攤位。

「你剛沒在前面舞台。」

「今天原本應該是她的日子。」中島介指的「她」，除了溋絲．古爾欽之外不做第二人想。有多少本事說多少話，他垂眼咕噥道：「技術部分，我和李璇一竅不通。」說著往前方臨時搭設的櫃檯努了努下顎：「這些是Circe裡的其他工程師。溋絲的下屬。」

「他們講解的對象都是些什麼人？」

不會是比較會擠才成功擠進來的吧？

「有股東，也有ＷＧＡ遊戲頂級會員。當然最多的是職業玩家。」

「職業玩家？」

「我們邀請了Home Wrecker全球排名前一百名的玩家。」

「前一百名——很不簡單吧？」

「活躍度標準值內的有效樣本有一億兩千萬多名玩家。」中島介語氣淡然，並沒有炫耀的意味。

「你們眞的很瘋。」

「因爲我們的遊戲性質軟中帶硬得以含括最廣的群眾。『瞄準最大比例的受眾』——溋絲總把這句話掛在嘴上。」

「我們的『小小小雪人』不也是嗎？」

「沒有冒犯的意思——因爲我們背後是亞爾沃達斯。」

兩人冷不防對上視線。嚴拓頓時笑出聲來。他喜歡這個有話直說的男人。

聽到自己發出的笑聲——覺得陌生又懷念的笑聲，他才意識到原來發生在溫絲身上的事，對自己的影響那麼大。

不曉得有沒有看錯，嚴拓總覺得中島介也笑了。卻立刻收拾起來。

「你小時候一定是個超乖的小孩。」

嚴拓一面說道，一面調整情緒，再次好好審視了攤位內部一圈。裡頭陳設色彩繽紛、氛圍活潑，到處擺滿了玩具：有絨毛布偶、樂高積木、恐龍模型和芭比娃娃——當然全是放大版的。活脫脫就是個玩具屋。

乍看之下，玩具雖然擺得到處都是，卻亂中有序，讓人不自覺感到放鬆，甚至還產生了睡意。

按照他們一板一眼的嚴謹性格，一定也經過計算吧——

「玩具屋，很符合你們的遊戲調性……這應該不是溫絲的構想吧？」李璇方才的模樣令嚴拓擔心，他試圖把她拉進話題。他猜測這充滿童趣的風格應該是李璇的想法。

「不，是溫絲的。」

出聲否定的不是別人。

李璇眼睛紅紅的，擺明剛哭過。

沒料到她會突然從自己身後現身，嚴拓一時間怔愣住。

「她女兒的夢想，就是擁有一屋子的玩具。一屋子的玩具……每個孩子都嚮往過吧？今年生日，溫絲他們夫妻，完成了她這個夢想。」

也不曉得有沒有在聽她說話，中島介低頭注視著地毯。

前方投射在半空中的螢幕正在放映一段影片。

「這段影片也是Home Wrecker的？我玩過試玩版，怎麼沒印象？」為了轉移焦點，讓氣氛活絡些，嚴拓硬是擠出問題。

「你當然沒看過。」中島介立刻應道。

「正式版才有？」

畫面中，懸吊著一個又大又亮的滿月——宛如從上方夜空直接垂掛下來似的，有股虛實交融的魔幻感。

「那是破關的畫面。」這回回答的是李璇。

「破關？這遊戲有辦法破關？」嚴拓顯得相當驚訝。

Home Wrecker是利用排列組合的邏輯運作，只要資料庫擁有一定程度的素材，基本上關卡數趨近於無限大。也就是說：破關機率幾乎等同於零。

面對嚴拓的問題，兩人遲遲都沒有作聲。

彷彿少了溫絲，他們的靈魂也不再完整。

「可是為什麼要用月亮？」不知道從哪裡蹦出來的杰瑞德插嘴問道。不等答覆緊接著又追問道：「而且是滿月——本來就是滿月？還是跟滿月嘉年華有關？是為了領滿月嘉年華的大獎製作的特別版？」

嚴拓等人詫異看著杰瑞德，想知道答案的他完全不在意他們的眼光，衝著中島介和李璇猛眨眼睛。

中島介和李璇還是沒有給出答案。

毫無預警，嚴拓往杰瑞德側腹一戳，怕癢的他驚呼一聲，瞬間像蝦子般蜷起身軀。嚴拓拽著他來到角落：「你剛剛的說法未免太失禮了——爲了領獎製作的特別版？」

「這有什麼稀奇的？我對遊戲產業是不熟……不過來參加滿月嘉年華前我查過資料，的確不少獲獎公司會以一些別出心裁的方式來當作得獎感言。」

「這情況確實是很常見，不過你也不想想今晚是什麼場合？」嚴拓一臉嚴肅，側身瞄向身後的李璇和中島介，只見兩人發楞不語，眼神如幽靈般漫不經心遊蕩著。

自從溫絲·古爾欽離開這個世界的那一刻開始，李璇和中島介參加這場遊戲界盛會所抱持的心態，不再是爲了彰顯榮耀、接受眾人喝采。而是慰藉和憑弔。

「我是在想……古爾欽博士的死會不會跟這款遊戲有關？」杰瑞德反過來抱住嚴拓的胳膊，壓低聲音嘴唇幾乎要貼上他的耳垂。

「Home Wrecker？」

「這是艾瑟潘剛剛要我看的報導。」他將手錶舉至嚴拓面前。

離奇自殺之謎——超級月亮使人發瘋，溫絲·古爾欽博士掐死自己？

嚴拓迅速瀏覽內文。

「你相信這種報導？」他輕輕推開杰瑞德的手。

「當然不信。只是……剛剛影片中，最後出現的月亮讓我很在意……我是沒玩過這款遊戲，不知道有什麼含意，可是聽你說之前沒有——這就大有玄機了。」

「你的思考也太跳躍了。更何況，他們說這是破關畫面，我之前沒看過也很正常。」

「學長你果然在這裡！」艾瑟潘細聲喊道，猛地從側邊撞過來，撞球一樣將杰瑞德往牆邊推去：「我就知道看了那篇報導後學長會來這邊！」

「妳是怎麼混進來的？」杰瑞德推開她，整了整西裝。

嚴拓偷覷著杰瑞德的雙眼流露出「我都還沒問你是怎麼混進來的呢」的眼神。

「很有意思吧？是不是很吸睛？」沒有搭理他的問題，艾瑟潘扣住杰瑞德的手腕，使勁晃了晃他的手，一逕說著自己想說的話。

「『吸睛』？幫我一個忙，現在沒有人這麼說了——欸欸，我發現妳還是跟以前一樣，淨喜歡些怪力亂神的東西。像是除魔、催眠什麼的。」

「學長還是不相信催眠？我下次帶你去見茵芳．崔梅坎！[40]」艾瑟潘氣急敗壞反駁道：「而且——這篇報導到底哪裡怪力怪神啊？好吧……我承認，這幾天的月亮不是超級月亮，下次出現超級月亮的時間點是後年，也就是2034年11月25日。不過，『滿月會影響人的心智』可是做過研究，有科學數據佐證的。」

「研究？『英國研究顯示』嗎？」杰瑞德揶揄道。

「我記得，不是有人說過什麼——滿月的時候，人最容易失去理智、陷入瘋狂嗎？還說……還說什麼『Lunacy』源自於拉丁文『Luna』。」這會兒，連楊可珞都攙和進來了。

「妳怎麼混進來的？」

40 二〇二〇年代初期於美國洛杉磯快速竄起的催眠大師，傳聞亦精通讀心術、通靈和占卜術。

「光明正大進來的。」楊可珞秀出通行證。參與維安環節的人員各有一張。

「總之，我再跟妳說一次，最後一次——不要亂寫這種沒有根據的報導。」

「學長還不是寫些亂七八糟的事情，什麼雷恩．葛林斯的——你又不是娛樂記者！」

「我也要賺點生活費好嗎？至少我寫的東西都有依據。」杰瑞德忽地伸手輕輕掐住嚴拓的下顎，重申道：「依、據！」

「依據、我也有啊——如果不是瘋了？人怎麼有辦法掐死自己？」

「先不論人究竟有沒有辦法掐死自己，在警方尚未對外公佈正式的調查結果前，擅自妄加臆測恐怕不大妥當，也許會影響案件的發展，甚至造成偵辦上的困難。」被杰瑞德掐住下顎的嚴拓一臉正經說道。

杰瑞德悄悄收回手，彷彿覺得這隻手很尷尬似的插進西裝褲口袋。

「不管怎樣，都別在這裡談這些事吧？」楊可珞提醒道。

嚴拓望向後方，中島介仍然杵在那裡，手上拿著一本小冊子翻閱，感覺百無聊賴只是在打發時間。

至於李璇，則又不見蹤影了。

12

赫爾瑞玻璃蜂巢，七十七樓。

午夜時分，酒吧人煙稀少，每個來這裡的人似乎都滿懷心事，同時也彬彬有禮，和彼此維持一定距離。這也使得酒吧看起來更冷清了。

滿月嘉年華的第二個晚上，於幾小時前平靜落幕。

沒有典禮過後的滿足或者虛脫，甚至連原本以爲的鬆一口氣也沒有。

還有第三天——終夜。

或許是因爲意識到還剩下最後一天，才什麼也無法感覺。

一種飄飄忽忽的不確定感在心底蔓延開來，宛如被風陣陣吹動的纖長樹鬚。

「幸好今晚什麼事都沒發生。」

李璇來到落地窗邊和嚴拓並肩而立，手上持著的長靴狀玻璃杯裡是一片粉紅色海洋。

「我不希望再發生什麼意外，讓外界對溫絲的事產生奇怪的聯想。」明明用不著說出口嚴拓也能體會

嚴拓不禁暗忖：有相似想法的人往往會聚集在一塊兒。

——而這點想必李璇同樣心知肚明，否則她就不會和自己搭話了。然而她還是不得不說出口。

恐怖攻擊、企業鬥爭、滿月傳說——

「我一般不喝酒的。」李璇側過臉說道，雙頰染上一層淡淡酡紅。

「這是？」嚴拓將圓潤杯身往她的手邊一湊。

「Pink Lake。你們很少點吧？酒精濃度不高。」

「Pink Lake啊……妳去過？」

「沒有。好險，好險沒去過。」李璇抿出虛弱的笑容。「受到氣候變遷的影響，湖泊藻類全死光，聽朋友說已經不再是粉紅色了。」

「確實變了很多。」

「你去過？」

「嗯。去過。」嚴拓若有所思低喃著。「調酒還在，湖卻不在了——明明共享同一個名字。」

「你後悔親眼見過嗎？見過，卻再也見不到了。」

「不後悔。因爲親眼見過。」

「我喜歡這個答案。」笑容明顯了些，李璇也將杯子湊過去，兩只形狀迥異的玻璃杯輕輕敲撞一下。

「我討厭月亮。」

「我還以爲創作者都喜歡月亮。黑暗，光亮，這種衝突和矛盾，不是基本元素嗎？還籠罩著一股神祕感。」

「我討厭的是這個月亮。亮得那麼理所當然，好像看著看著人們就會忘了那些光是從太陽身上偷來的。」

「除了發現『原來月亮本身不會發光』那一瞬間以外，平常根本不會有人特地去意識這件事吧？」

「發現眞相以後，反而不在乎本質了。」李璇嘀咕道。

嚴拓贊同般微微點著頭，嘴角一勾的同時提起另一個話題：「說起月亮，最近曾有一度——我以爲世界就要毀滅了。」

李璇似乎被嚴拓莫名開啓的話題勾起了興趣，杯子緩緩移過去，沒有碰觸而是若有似無在周圍細細逗留，像是想看看對方的內容究竟值不值得一口酒。

「兩個月前，我記得剛好是收到『滿月嘉年華』正式邀請的那一天，不是同時也接到WGA傳來的預警訊息？內容提及行星學會（The Planetary Society）[41]偵測到兩顆小行星有極大機率相撞，要同業進行資料備份、確認機器供電什麼的……結果——幸好只是擦撞，倒是意料之外的太陽風（solar wind）引發了一些災情。我們工作室其中一個位於加州的伺服器就因爲這樣掛了，收到好幾萬則的用戶投訴。」

「我記得那件事。Circe位在克利夫蘭的總部也受到波及。系統出現短暫的故障，大概零點幾秒，還是更短——那時候我、溫絲和中島剛好都在。」

「我不是天文學家，對於造成太陽風還是行星撞擊的詳細原因，或者在各層面所帶來的諸多影響不是很清楚。不過根據我一個熱愛研究天體宇宙的朋友說，原本那次預估的行星撞擊，很可能對地球產生電磁脈衝（Electromagnetic Pulse），強大的電磁脈衝會在一瞬間癱瘓所有電子產品——人類近代的累積，藝術也好、經濟也好、醫療也好、甚至是建築……科技自然更不用提了，全奠基在『電力』這個前提上，這些能夠統稱爲『智慧』抑或『文明』的事物，都可能在轉眼間付之一炬。光是想像時代有可能倒退回去，這種感覺，就教人坐立難安。」

「我應該可以……應該可以理解你們科技人的想法，可是從你剛剛的說明聽起來，我覺得——很幸福。」李璇的語氣堅定。她緩緩轉過頭，定定注視著因爲自己的發言而感到困惑的嚴拓，抿了抿唇解釋道：「因爲不只是藝術、經濟、醫療、建築和科技，同樣有機會被毀滅的——還有戰爭。」

戰爭，或者說人類自相殘殺，是自古以來便存在的現象，跟時代的進步兩者之間並沒有必然的關聯性。

---

41 宗旨為：We create. We educate. We advocate.

嚴拓想和她這樣解釋，在心底複誦一回後，覺得反倒像是在說服自己，便一時語塞無法說出口了。

「可是我又想啊……我覺得自己低估了人類。」

「低估了人類？」嚴拓看著眼前這個看似單純，相處久了卻愈看愈不清楚的女人。

一開始，給人活潑宛如鄰家女孩的親切感；可是現在，彷彿那顆正面無表情盯著自己看的月亮，光芒萬丈的表面若仔細觀察其實漾著一層薄薄的神祕光暈。

「我這種說法，好像自己不是人類？」李璇突如其來迸出的話，讓嚴拓忍不住輕聲笑了一下。她搖晃著那片粉紅色海洋：「也許是繪本畫多了，習慣從非人的角度觀察人類。」自我剖析道。

「為什麼說低估了人類？」

「曾經有過的東西，就算被摧毀了，也能夠很快從無到有重新建立。」她答道，神情萬分沮喪，握在手中的杯子愈來愈斜，眼看就要傾倒出來，嚴拓連忙伸手扶住。「不好意思……」她尖聲說道，手足無措靠上窗玻璃，接著像是忽然被冰冷觸感嚇到似的猛然彈開，劇烈搖擺的酒液潑灑出來，沾上她的虎口和手背一帶。

「我一直以為……自己的創作可以為孩子們帶來幸福。」李璇用顫抖的聲音說道，猶如被疾風壓彎的一整片芒草。

「我認為確實可以。」不曉得李璇為什麼會忽然提起自己的創作理念——嚴拓只能先安撫著。

「不。辦不到。」伴隨身體的晃動，杯裡的液體如箭般射出。「那些作品，只能讓看似不幸的孩子得到幸福，對於那些真正不幸的孩子，我什麼都做不到。」

嚴拓霎時明白了。她的思緒，仍固著在方才提及的「戰爭」。

他從西裝胸前口袋抽出手帕，幫她擦了擦。

「謝謝。」從他手裡接過手帕，她咕噥著，將身子側往另一邊避開嚴拓的目光，壓驚般仰頭喝了一大口酒。再轉回身時，冷不防將酒杯和沾濕的手帕塞進嚴拓空著的那隻手，而後極其自然地將自己的雙臂延展出去，貼住他厚實的胸膛，再沿著起伏的線條往上移動——在嚴拓尚未反應過來究竟發生什麼事時，她纖細的手臂已經環住了他的脖子，十指交扣輕抵後頸。

「李小——」

嚴拓話還來不及說完，李璇已經踮起腳尖，嘴唇湊了上去。

她緊緊貼住嚴拓紅潤溫熱的雙唇——不止如此，原來她剛剛並沒有把酒吞下去，隨著彷彿放掉全身力氣、前傾倒入嚴拓懷中的嬌小身軀，嚴拓的舌尖感覺到一股暖流和果肉成熟的甜味。挾帶果香的雞尾酒正汩汩流淌進他的嘴裡，甚至能感覺到對方的舌頭如蛇般鑽入、挑逗。

他的喉頭一抽一緊，液體灌進身體，比預料中強烈的酒勁燒灼著喉嚨。

正當他回過神來，絞盡腦汁思索著雙手都拿著東西的自己該怎麼做才能脫身，不至於失禮——裙襬搔過褲管，李璇忽然間往後退開。她垂下雙眼避開和嚴拓相視的可能，轉身踩著小碎步離開。留下對剛才意外發展一頭霧水的嚴拓。

他的眼神追尋過去，就在李璇快步經過的柱子旁，嚴拓遠遠望見了一個沒料到會在這個時間點見到的人。

「這什麼酒？」

兩人坐上窗前的高腳椅，圓圓的月亮像是漫長隧道的出口。

「Pink Lake。」

「沒聽過。」

「妳不適合這種酒。」

「那我適合什麼？乙醇？」紀子瞄向嚴拓。

兩人笑了一聲，雙腿岔開的嚴拓輕輕碰觸到紀子的膝蓋。他趕緊收回，紀子也將身體微微抽開。

悠然響起的背景音樂，讓嚴拓收起的笑容忍不住又綻開。

「怎麼了？有那麼好笑嗎？」

「不是。是這首歌。覺得很巧，不久前剛好想起。」

她冷不防伸出手握住嚴拓的手，牽著他兩人一起滑下高腳椅。

在黯黮夜色中，她的左手搭上嚴拓的肩膀，右手則依舊緊緊握住他的手。

I could hold out my arms and say “ I love you this much ”

I could tell you how long, I will long for your touch

How much and how far, would I go to prove

The depth and the breadth of my love for you

隨著旋律，紀子小幅度擺動身子。兩人身體倚靠彼此，緩緩緩緩舞著。

嚴拓明白她的意思。和李璇一樣，她也在重現電影橋段。

他永遠忘不了Dolly Parton[42]和Kris Kristofferson[43]在月下共舞的畫面。[44]

「打擾到你們了？」

嚴拓失神了一下才意會過來她在問什麼：「沒有。爲什麼會這麼問？」

「還問爲什麼，我都看到了。」紀子若無其事笑了笑：「你嘴這麼甜，可珞還總說你沒女人緣。」一語雙關意指他唇邊瀰漫著的果香。

「妳誤會了……我也不知道李小姐爲什麼會突然這麼做——等一下、可珞什麼時候跟妳說這些的？」

紀子抿唇淡淡一笑，抬頭注視著他：「你以爲我們眞的一年互寄一次明信片而已啊？誰像你一樣這麼無情。」

「我怕造成困擾，寄過去，妳肯定會回覆。」

「日子是忙。」紀子咕噥道：「但也沒那麼忙。」

---

42 著名歌手，有「鄉村音樂女王」的稱號。

43 著名鄉村歌手，Help Me Make It Through The Night為其代表作之一。

44 出自電影The Joyful Noise。

「我之後會寄。」

聽了嚴拓的答覆，紀子低下頭，搔了搔眉毛，又抓了抓髮尾，一副不知所措的樣子。

沒有察覺到她的心情，嚴拓像是想看清楚她的表情般，甚至還壓低了頸子。

重整好狀態後，紀子將頭髮匆匆往後一順，重新搭上他的肩，牽起他的手，回到音樂裡頭，踟躕半晌再開口時，話鋒大幅度一轉：「我來找你，主要是想和你談談古爾欽博士一案。」

嚴拓沒有問她爲什麼這麼做。他手心稍稍使了些力氣，旋即又放鬆開來。

反倒是紀子握得更緊。

「我知道你一直對她的死十分在意。可是，沒人動手殺她，她確實是自殺的。經過進一步解剖化驗，我們在古爾欽博士大腦內的邊緣系統（Limbic System）檢測出多核皮質素。多核皮質素是一種由大腦內的杏仁體（Amygdaloid）所生成的激素——」

「我不懂，既然是人體可以自行生成的激素，怎麼會害死她呢？」

「關鍵是濃度。比正常値高。多核皮質素是近年來發現的憂鬱症主因，另一個比較常見的說法是『恐懼激素』，也是杏仁體被稱爲『恐懼中樞』的原因，如果超過一定的量，有可能出現強烈的自殺傾向。」

「超過很多嗎？」

「量有點微妙。很難判斷是不是足夠讓死者掐死自己。這也是一開始調查棘手的原因。」

「恐懼激素……」

她在害怕什麼呢？

和昨晚的話題有關嗎？

是什麼讓她害怕到不願活下去？

一面留意嚴拓沉思的神情，紀子繼續往下說道：「考量門鎖沒有遭到外力破壞，又位於六十二樓，再加上監視器顯示那段時間沒有任何可疑人物在那樓層徘徊——更別提有人進出房間。因此可以推論，當時獨自一人的古爾欽博士，使用了某種方式提高了自己體內多核皮質素的濃度。根據現有的跡證，我們推測，是利用口服，例如膠囊之類的途徑……當然，若是從『效果』或者『效率』等方面考量，也不排除體外注射的可能性。但先前現場蒐證時並沒有找到注射器。不過既然現在有進一步線索，目前寇迪安比正帶著人員重新對案發現場進行地毯式搜索。」

「但是人眞的有辦法掐死自己？」

「與其說她是被掐死的……或許也能說是陰錯陽差吧。」

「陰錯陽差？」紀子的話讓嚴拓一時間無法反應過來。

「眞正的死因，是頸部受到猛烈擠壓，刺激頸動脈竇（carotid sinus）導致心臟停止跳動——這是法醫那邊給我的報告。」

嚴拓這會兒明白了。難怪紀子剛剛會說「一開始」調查棘手……不過，既然直接死因不是掐死，便表示恐懼激素有沒有達到足以讓死者自殺的致死量，已經不是討論的重點。

「我明白了。謝謝妳。」

「我知道你還是不滿意。」

「沒有動機。我想不到動機。就算有一百個證據來證明她是『怎麼』殺了自己的，都沒有一個她是『爲什麼』殺了自己的理由重要。」

「你這種說法太自以爲是。」紀子尖銳說道，掌心彷彿也跟著變得冰冷。「你才認識她不過多久？沒錯，她有丈夫、有女兒，而且事業有成——但誰說她沒有其他的煩惱？人既然能爲了活著的理由活著，就可以爲了該死的理由去死。」

聽起來像是詭辯，仔細一想卻有著另一層道理。

所謂的「死」，本來就是一種結果論。

「謝謝妳。我想，是我太鑽牛角尖了。」

「謝謝你的反駁與不反駁。」紀子輕聲說道，而後略微別開臉，用益發細微的音量嘀咕道：「所以你們……沒在交往？」

「交往？」

「Pink Lake。」

「李璇？當然沒有。借用妳剛剛說的話——我們才剛認識。」

「剛認識又怎樣？」紀子瞪著他問道。

嚴拓不懂紀子爲什麼會忽冷忽熱反覆無常，時而像個小女人，時而像個哥兒們。

「我們只是普通朋友。大概是這兩天發生太多事，精神太緊繃了，她才會做出……做出一些比較……比較，怎麼才好說？比較荒唐的舉動？」

居然用「荒唐」來形容對方的獻吻——紀子想著不由得噗哧一笑。

但那笑容過於短促，嚴拓來不及低下頭捕捉那枚虎牙。

「你和那位普通朋友都聊了些什麼？」

「聊了氣候變遷，聊了太陽風——」

「我的天。我相信可珞了。你怎麼會跟女孩子聊這些東西？」

「對了，還有戰爭。」我們從未親眼見過卻知道無所不在的戰爭——嚴拓心想。

「戰爭啊……」紀子回憶起抵達這裡的第一天，望見飯店台階前湧滿人潮，上百名群情激憤的抗議民眾堵在飯店大廳門口。

人民失能時需要警察介入導正、維持社會秩序；那麼，如果規模擴大，失能的——是國家時，又該誰介入呢？

另一個國家。

想必有人能立刻說出這個答案。

「說起來也真奇妙……」嚴拓虛弱一笑，接續連綿的尾音說道：「我們記得那個死在海灘上的男孩、被敵方姦殺的女人、腦袋被轟掉一半的男人，當然還有在那道強光——『世紀之光』籠罩中的女記者[45]。可是，一旦把他們聚集起來，成爲集合詞『難民』，卻立刻被視爲洪水猛獸。」

「『我們總是記得哀傷的個體，而忽略了受難的群體』——印象中，他是這麼說的。對照二戰時鼓吹人們爲國家去死的名言：『死一個人是悲劇，死一百萬人是數據。』感覺格外諷刺。」

「妳讀過杰瑞德寫的那篇報導？」嚴拓淡淡笑了。「讀那篇報導時，我總是會忍不住想起漢娜・鄂蘭

45 甫獲頒2032年普立茲新聞獎，內容為戰地女記者琳・唐洛達的自拍，拍攝時剛好遭到空襲，其自動上傳至雲端的 自拍照成為生前最後一張相片。照片中，她的表情從容自然，絲毫感受不到死亡如此靠近。那道由飛彈引發的強光，被媒體稱為「世紀之光」。是引起近代反戰思潮共鳴的重要照片之一。

（Hannah Arendt）說過的：在政治中，服從就等於支持。」

此外，報導中還提到了令嚴拓相當感興趣的一點：思考片段化導致情感碎裂化。

「他是一名很優秀的記者，總是能貼合時代提出新的解讀。」

嚴拓想著若是杰瑞德聽到了這番稱讚，肯定會很開心——但是會裝出一臉無所謂的樣子。

叮叮、叮叮——

紀子的智能指戒發出音效，發出微弱閃光。

「寇迪安比？」

「我要過去看看情況。」

嚴拓鬆開她的手，禮貌欠了個身。

紀子抿唇，動作僵硬點了個頭，瞄了他一眼，轉身正準備離開，忽然又止住腳步，側過頭，重複一遍先前說過的話：「剛認識又怎樣？」然而口吻截然不同。「坊っちゃん。」補上這麼一聲後，紀子舉起手笑開，笑得非常燦爛。嚴拓終於能看見那顆小巧的虎牙。

13

嚴拓醒來。

What a day, what a day to take to
What a way, what a way to make it through
What a day, what a day to take to a wild child

音樂鬧鈴是Enya[46]的*Wild Child*。

今早和昨天不同，沒有作夢，腦袋一片空白地醒來。

他感到神清氣爽，宛如來到這座島嶼之前的如常早晨——或許是紀子的說明，讓嚴拓的心神安定了下來。

也可能是因爲嚴拓知道，今天過後，一切就結束了。

在這裡發生的事、認識的人，自然有可能在其他場合延續、相遇抑或合作，以各種形式發展下去；然而只要一離開這裡，「這段時空」便再也不存在了。無論是好是壞都帶不走。

嚴拓如此希冀著。

感受歌聲猶如漩渦般繞著自己的背部細細打轉，他望向天空。雲全跑了出來。層層疊疊堆得天空像碎開的銀白色浪花。

這麼多雲是從哪裡跑出來的呢？

嚴拓心中突然浮現這個問題。

---

46 愛爾蘭音樂家，創作富有詩意，個人特色濃厚。２００１年９月11日，美國發生撼動全球情勢的９１１事件。在一片哀慟中，此歌手的抒情歌曲Only Time撫慰了動盪不安的人心。

說不定是誰拿斧頭往地下砍去，砍破了地，劈出一大團一大團棉花飄了上去。一點都不科學的答案。

嚴拓嘲笑自己。可能是昨晚從李璇那裡得到的童趣能量吧——他暗忖著。

門突然被打開，嚴拓的思緒也因而中斷。

是楊可珞。

似曾相識的場景，那瞬間，讓他以爲時間倒轉回第一天早上。

「李璇出事了。」

轟隆隆地，聲音幾乎是直接響在嚴拓的頭殼裡頭。

●

李璇出事了。

說得直白些：李璇死了。

被殺死了。

「底下現在擠滿了媒體。」杰瑞德說道。

「那你怎麼還在這裡？」楊可珞一面問道，一面不時回頭確認嚴拓的狀態。

「一窩蜂地，能問出什麼消息？」杰瑞德擺了擺手說道：「更何況，我這邊已經掌握了一些內幕。」

比照溫絲．古爾欽一案，國際刑警局向飯店提出申請，沿用了先前的會議室充當臨時偵訊室。

接獲消息的媒體蜂擁而來——面對如此聳動的頭條新聞，各大電視台紛紛動用背後的關係讓他們的人馬進入飯店。

除了前一天古爾欽博士命案的餘波影響，由於此次涉案人身分極為特殊、敏感，而且和亞爾沃達斯集團過從甚密，擔心落人口實被認定心裡有鬼；再加上記者們不斷強調人民有「知」的權利，因此飯店方面不方便進行強制性驅趕，只好安排他們在底下等待，待警方初步調查結束之後舉辦記者說明會。

至於嚴拓等人，現在就待在偵訊室對面的另一間會議室裡——以關係人的身分：嚴拓是李璇在身亡前見過的其中一人。

「內幕？什麼內幕？人真的……真的是維爾高莫安議員殺的？」楊可珞追問道。

「現在還不確定。但他確實以犯罪嫌疑人的身分被警方帶走了。」杰瑞德說著往門扉努了一下下顎，守在門口兩側的兩名男子目光直視前方看也不看他一眼。他不甚在意聳了聳肩膀：「這也難怪，在那種情況下，凶手不是他，還能有誰？」

杰瑞德接著簡述了案件梗概：今天早上，維爾高莫安議員的秘書來房間找他，準備和他到機場搭稍晚的飛機回倫敦。哪裡知道，一打開門，差點沒被嚇到魂飛魄散——房內像是被颶風掃過般狼藉一片，慘不忍睹。但這都不是真正令人崩潰的，讓祕書尖叫叫得喉嚨都要裂開的主因在於：李璇側躺在花崗岩地板上，眼睛半掀開來，頭顱破裂鮮血淌流滿地，當中還摻著黏稠的粉紅色腦漿。

秘書當場昏厥，聞聲而至的樓層機器人按照程序先叫了急救隊，同時通報維安人員和警方前來處理。

直到人員陸續趕到，躺在床上的維爾高莫安議員這會兒才悠悠醒轉。

就這樣，和死者待在同一個房間裡的他，被警方以「重要參考人」請去偵訊。

「就像你說的，他不是兇手的話，還能有誰？房間在秘書趕到之前是鎖著的沒錯吧？而且警方一定也調閱了監控系統。如果不是發現當晚沒有其他人進出房間，怎麼會明目張膽逮捕現任的議員？肯定是有了一定程度的把握。」楊可珞的推論有條不紊。

「我剛才話還沒說完——按照常理來說，是這樣沒錯……」

杰瑞德的躑躅引起了嚴拓的注意，始終低垂著雙眼的嚴拓這會兒抬眼注視著他。

留意到嚴拓的目光，知道他終於稍微振作、打起了精神來，像是想助好友一臂之力似的杰瑞德進一步詳細說道：「這件事呢，怪就怪在——維爾高莫安當時是被『銬』著的。」

「銬著？什麼意思？你是指他被警察帶走時雙手銬了起來？」楊可珞聽不明白杰瑞德暗指的意思。

「並、不、是！」杰瑞德翻了個白眼，沒好氣說道：「我指的是，他們在床上發現維爾高莫安的時候，他的雙手——還有雙腳，全被銬住了。而且一絲不掛。眞的是一、絲、不、掛，連內褲都沒穿，」

「這還不簡單？說不定是他殺了李璇後，再把自己銬起來。」艾瑟潘不知何時偷偷溜進了會議室，她興沖沖參與討論。

畢竟是自己的學妹，對她的本事杰瑞德見怪不見，順著她的推論說道：「當然也不能排除這個可能。不過這點用不著我們操心，之後警方會進行犯罪現場模擬，重現案發過程。」

「不過原來維爾高莫安議員是ＳＭ愛好者啊？我很想說看不出來——但政商名流出現再多變態好像都不奇怪。」

「不要汙名化ＳＭ。那是個人自由。」杰瑞德斜睨艾瑟潘，不快地嘖了一聲。

「除了『被限制住人身自由後究竟能不能犯案』以外，我認爲眞正讓警方困惑的，應該是倘若維爾高莫安眞的是兇手，他爲什麼要這麼做？在密室內殺人讓自己成爲首當其衝的嫌疑人，可是卻又用這麼——先暫且用『曖昧』來形容好了，卻又用這麼曖昧的方式試圖排除自己的嫌疑……這兩者顯然有邏輯上的矛盾。」沒有理會兩人的拌嘴，嚴拓進入狀況，眼神發亮像是在和自己討論般滔滔不絕說道。

「不過也挺妙的，發生這麼大的動靜——我是說，房間都亂成那樣了，智能管家難道都沒有察覺到不對勁嗎？這合理嗎？」艾瑟潘提出疑問。

「妳不知道嗎？維爾高莫安議員不信任科技——大概是虧心事做太多了怕落人把柄……總之，他在入住前就拒絕使用智能管家。所以跟妳說要做功課。」

「其實，就算維爾高莫安沒拒絕使用智能管家，要是使用者不親自喚醒，除非——除非死在床上，要不然智能管家也不會擅作主張通報。因爲牽涉到每個人對於隱私的認定，因此從嚴處理。」

嚴拓解說到一半時欲言又止。除非——除非和溫絲一樣死在床上。他無法若無其事舉出這個例子。

「我說過——那女人就是個妓女！」伴隨轟然炸裂開來的咆哮聲，對開的門宛如煮熟的蚌殼般啪搭打開。

兩名男子瞄過去，表情警戒卻不緊張，一副老神在在的毅然態度。

漲紅著一張臉，率先大步蹬入的是英國國防部長史丹利．莫茲提茲拉。

尾隨在他身後，沉著臉一言不發的，則是幾乎無論到哪裡總和他同進同出的美國國防部長喬治．多魯亞圖。從兩人的關係和互動觀察起來，倒眞有點像是兩國在國際局勢上應對進退的縮影。

「怎麼又是你們？」一眼就看到嚴拓等人，史丹利．莫茲提茲拉扯動那張跟臘腸沒兩樣的嘴粗聲抱怨道，絲毫不掩飾心中的煩厭感。

「還請兩位不要談論到相關案情，你們都是涉案的關係人。」紀子也跟了進來，看起來憔悴不少——她的職責是來看緊各個關係人以免他們私底下套招串供。「沒關係，這裡交給我就好。」她吩咐道，兩名男子旋即悄然無聲退出房間。

不只是看緊，還有——觀察。

「涉案？狗屎！那女人死了就死了，關我什麼事？她勾引我失敗，不甘心又跑去勾引維爾高莫安，這種破事我看得太多了——」像脫了韁繩的野馬，史丹利．莫茲提茲拉劈頭說道。紀子愈是要他閉嘴，他就愈是想替自己辯解些什麼。

而這也在紀子的盤算內——她是故意激怒他的。比起制式化的偵訊，這樣的對話能獲取更多有用的資訊。

「什麼勾引？你不要開口閉口就罵人家妓女，都什麼年代了！」杰瑞德直接反嗆回去。宛如一座望遠鏡，站在房間另一端的嚴拓直勾勾鎖定他。

「不管在什麼時代，總有女人想靠著上男人的床往上爬。」史丹利．莫茲提茲拉扭著一張臉冷笑道。

「就是有你這種男人存在，才有人說『沙豬永不死』。」杰瑞德抽一下鼻頭，也跟著冷冷哼了一聲。

「小伙子，再說一次，你叫什麼？」

「杰瑞德．高芬。」

「年輕人滿腔熱血是很好，可是要小心，不要衝過頭，否則哪天怎麼死的都不知道。」

「史丹利。」喬治．多魯亞圖喊住他。

史丹利・莫茲提茲拉瞥了他一眼，不再說話，逕自往桌邊走去，重重塞進沙發椅。

「欸——拓？」

杰瑞德回過神來時，發現嚴拓正直直往史丹利・莫茲提茲拉走去。

所有人的視線都被他牽引過去，宛如一顆發亮的星體在夜空中緩緩挪移。

嚴拓最終在史丹利・莫茲提茲拉面前停下腳步，史丹利・莫茲提茲拉抬頭看他一眼，而後像是投擦身球似的，視線往旁邊掃去匆匆錯開了視線。

喬治・多魯亞圖緊緊盯著他，知道比起氣燄高張的杰瑞德，更需要留心的是這個男人。

「爲什麼你會說李璇是妓女？」語氣平靜無波。沒有憤怒，沒有指責。彷彿一根針戳進湖心，才剛有尖銳的感覺一晃眼就消失不見。

好強如史丹利・莫茲提茲拉，自然不甘心承認自己被對方的氣勢壓下去，他翹起腳劇烈抖著：「這還不簡單，那女人，你說她叫李璇？她不只勾引過維爾高莫安，也試圖接近我。那時候，我就覺得這女人居心叵測——差點就著了她的道。」

「試圖接近你？具體來說，是怎麼做的？」

史丹利・莫茲提茲拉瞥了瞥紀子，心想反正待會兒也會被問到，不如先——練習練習，將脈絡梳理清楚：「昨晚我睡不著，跑到遊戲室打撞球。後來她就過來向我搭訕。」

「你一個人去打撞球？還是——」

史丹利・莫茲提茲拉看也不看喬治・多魯亞圖便答道：「當然是一個人。」

不是睡不著，而是跑去練習吧——嚴拓立刻回想起他和喬治・多魯亞圖的比賽。這個男人對於勝負相當執著。

「向你搭訕以後呢？她說了什麼？做了什麼？爲什麼你會用『妓女』這種激烈、針對性強的字眼來形容她？」

他舔了舔乾澀的嘴唇，開始後悔沒把雪茄盒帶過來……說來也奇怪，這男人明明長得一張無辜無害的小狗臉，怎麼自己就是沒辦法無視他的問題？

不，還是問題就在這裡？把一個問題問得如此眞誠——無論那是什麼問題，才會讓人認爲有不得不回答的義務。

「我們喝了點酒，聊了好一會兒，接著她就暗示我，要跟我回房間。」

「她怎麼暗示你？」

「現在我又說得太含蓄了嗎？好吧，那位李小姐說要跟我上床。做愛。這樣聽懂嗎？」

「人家這樣說你就眞信了？」杰瑞德以史丹利．莫茲提茲拉聽不到的音量嘀咕道。並不是怕他，只是不想干擾嚴拓。

「再接下來呢？」

「接下來？接下來我就把她帶回房間——你們少跟我來這一套，只要是正常的男人，都不可能拒絕自個兒送上門來的女人。」

「我的天，正常的男人。」杰瑞德又嘀咕道，眼珠子都快滾進後腦杓了。楊可珞捏了捏他的胳膊，與其說想讓這位朋友打起精神，倒不如說在克制自己不要衝上前去飛踢那頭老沙豬。

嚴拓沒有繼續追問，而是凝視著史丹利．莫茲提茲拉，久久沉默。

反倒是對方按捺不住，巴不得讓所有人都知道。「但到最後，我沒有接受。」他義正嚴詞，拉了拉衣領的同時坐得更挺。

「沒有接受？所以你不是正常的男人？」又一次，杰瑞德暗暗開了一槍。

楊可珞險些笑出聲來，她咳了一聲，架了架杰瑞德拐子才終於忍住。

「沒有接受的意思是——」

「我請她離開房間。」

「哈雷路亞！」宛如迸開的煙火，杰瑞德冷不防放聲喊道。

史丹利．莫茲提茲拉惡狠狠瞪了他一眼，目光陰慘，像是在等待羚羊落單的餓獅。

「誰知道被我拒絕後，她居然跑去健身房，找上了維爾高莫安議員——現在想起來，她必然早有預謀，鎖定了幾個目標。她知道議員因爲平日公務繁忙，經常只能利用午夜時間健身……」史丹利．莫茲提茲拉睜大那對眼皮厚重的眼睛，一臉恍然大悟，接著又忍不住調侃道：「該說這女人樂觀積極，還是聰明有手腕呢？肯定兩者皆有，你說是吧？不知道要是議員也拒絕了她，她的下一個目標是誰？眞有意思……」肥短指頭摩娑層疊的下巴，他事不關己繼續咕噥著。

「但是，有一點我想不通——」嚴拓拉長尾音將他的注意力吸引過來後，才接著往下說道：「假設李璇勾引維爾高莫安議員一事爲眞，從你剛才的態度看起來，卻似乎認爲她的死是她自己的錯？爲什麼你可以立刻排除『維爾高莫安議員同樣是這個錯誤中的一部分』的這個可能呢？我怎麼都想不通。」

「我可沒說『她的死是她自己的錯』——」

「罵人妓女不就是這個意思嗎？」

史丹利．莫茲提茲拉現下沒餘裕搭理杰瑞德。「我是說這起命案沒那麼簡單，肯定另有隱情——先不說維爾高莫安被銬住這件事，你應該也知道現場有多麼……多麼慘不忍睹。維爾高莫安被人帶走時，看到屍體，不只吐了，聽說還當場失禁。這件事你可以向那邊那個女人求證。」他看了沉默良久的紀子一眼，停頓片刻後又說道：「如果他真的是演出來的，那他比起當議員，恐怕更適合當演員。」

「這比喻也太不恰當了，他當上議員純粹是家世背景。」杰瑞德依舊看不下去，心直口快吐槽道。

這時，會議室的門忽然被打開了。

將一半身子探進來的，是方才退出的兩名男刑警之一。

紀子心領神會，收了一下下顎望向史丹利．莫茲提茲拉：「莫茲提茲拉部長，有幾個簡單的問題想請教，這位同仁會帶你過去。」

史丹利．莫茲提茲拉跟著男刑警離開。

落單的喬治．多魯亞圖逕自找了個座位坐下，深深躺入，雙臂自然放鬆緩坡般貼服兩側扶手，閉目養神。

「嚴先生，我這邊也有幾個問題想請教，方便跟我來一下嗎？」紀子說道，聲音迴盪在少了一人的空間裡顯得格外清脆。

「我也方便！」艾瑟潘不識相喊道，作勢跟了過去。

「妳給我過來！」杰瑞德一把攬住她，將她塞進楊可珞剛搬來的椅子。兩人合作無間。

紀子帶著嚴拓來到會議室底部的儲藏間。說是儲藏間，其實差不多等同於一般飯店總統套房的規模，和擁擠、窄仄和髒汙等刻板印象絲毫沾不上邊。

「可珞和杰瑞德都知道你昨晚也和李璇見過面嗎？」紀子單刀直入。
從她的態度可以想見這起命案有多棘手。
「我當然都說了。」
「連接吻也說了？」
嚴拓愣了一下——看來好像又沒想像中那般棘手。「沒有。那不算接吻。」
「沒吻回去就不算接吻啊？你們男人眞卑鄙。」紀子咕噥完，冷不防拉回正題：「你剛剛爲什麼不告訴史丹利．莫茲提茲拉你是李璇昨晚第一個見的人？」
「妳應該也看出來了——他的好勝心十分強烈，激怒他，讓他情緒產生波動，對我接下來想問的問題非但沒有助益，甚至可能出現嚴重偏差。」
「你知道我接下來想問什麼。」
「氣候變遷、太陽風和戰爭。我們眞的只聊了這些。」
「待會兒寇迪安比會找你過去談一談，走個程序而已。」
「兇手眞的不是維爾高莫安？」
「不是他，還能有誰？你笑什麼？」
「可珞和杰瑞德也這麼說。」
紀子牽動了一下嘴角，笑容還沒成形就被另一股情緒給掩過：「可是，坦白說，從現場各種情況客觀判斷，兇手是他的可能性不高。不知道史丹利．莫茲提茲拉是從哪裡得到消息的——之後在檢討會上我一定要提出來好好檢討檢討……維爾高莫安被發現時四肢被縛，行動完全被限制住了，再加上之後目睹死者慘況時的失禁。特別是後者，我們每天每天都在面對眞實的犯罪，看過太多實例，現實中，是不是犯罪者其實很容易就能感覺出來。一點都不像戲劇裡演的那樣。」

「這樣啊……既然最有可能是兇手的可能不是兇手……那麼……不可能是兇手的會不會有可能是……」嚴拓愈說愈小聲，幾近呢喃，自己都快不知道自己想說什麼了。

「你想問，李璇是不是自殺的？」也難怪他會這麼想了——畢竟她的夥伴、她的朋友，前一晚才剛結束自己的生命。紀子一面說道，一面若有似無小幅度擺了擺頭：「看過現場的話，應該會認爲——可能性極低。」

「可能性極低」的意思就是「不可能」。

這是偵查鐵則：在破案前，話永遠不能說死。

「你希望她是自殺還是他殺？對不起——我問了一個蠢問題。」可是紀子並不後悔脫口說出這句話。

「有時候，我眞的不清楚這兩者到底有什麼分別。」

紀子垂眼注視著地板，雙手緩緩插進口袋，背過身去，往門口走。

撫住門把，遲遲沒有按下，她側過臉眼睛一彎輕聲說道：「從小時候開始就是這樣，自己被怎麼開玩笑都沒關係，可是一旦朋友遭到欺負，你就會立刻挺身而出——簡直像變成另一個人似的。」像是想掩飾微微發顫的聲音，紀子擠出苦笑。「HF工作室……HF，其實不是However Forever，而是浩（Hao）鋒（Feng）[47]。」

47 吳浩鋒，前偵查員。詳見前作《神的載體》。

「這些……都是可珞跟妳說的？」

「她希望你做的好事，在可能的範圍內，讓關心你的人知道。」

14

滿月嘉年華，第三夜即將到來。

窗外的天空，顏色愈來愈重，像是要垮了下來。

假使被杰瑞德察覺自己這念頭，肯定會賣弄中文說道：「杞人就是這樣憂天的！」

嚴拓和杰瑞德對坐在窗邊矮桌兩端，楊可珞則在一旁鋪上瑜伽墊做起瑜伽，進行到貓式的她打直雙臂朝兩人拱起了上半身。

中午過後調查才告一段落，看完警方和亞爾沃達斯集團陸續召開的記者會後，儘管沒胃口，還是匆匆吃了幾口根本算是下午茶的遲來午餐墊墊肚子。

回到房間已經過了三點鐘。和上回不同，這次嚴拓一點睡意也沒有，於是他便在窗邊一連坐了兩、三個小時。

至於杰瑞德，這段時間裡，一直在整理資料，矮桌上散佈著數十近百張照片。

「其實你們不用陪我。」嚴拓趴伏下來，趴在比身子低許多的桌子上，看起來像隻趴臥在地的小狗。

「誰陪你啊，這邊光線好——我之後要針對這一次的滿月嘉年華製作一篇完整的專輯報導，從會場內到會場外方方面面剖析探討。」當然也包括這兩起案件——垂眼和嚴拓對上視線，杰瑞德把話吞了回去。

「我房間小，不方便做瑜伽。」換成拱橋式的楊可珞倒懸著看著顛倒過來的兩人，聲音由於喉嚨被拉展開來而略顯沙啞。

「妳那房間還小啊？都可以小班教學了！」

「現在把照片洗出來的人不多了吧？」嚴拓雙手交疊，下顎枕在上面，注視著近在鼻尖前的照片堆，兩眼幾乎快成了鬥雞眼。

「根本是異類。」

「還是第一次聽到有人會用異類來形容自己。」楊可珞擺正身體咕噥道，深吸一口氣後，一腳踩住另一腳大腿內側，單腳站立著，雙手交握高舉在頭頂上方。大樹式。

那些照片除了赫爾瑞玻璃蜂巢和「滿月嘉年華」的會場荷魯斯之眼這兩座建築物的光鮮外觀外，更多是遭到攻擊後的模樣——被炸彈破壞殆盡的玻璃屋頂，像是心底破了個洞似的讓上頭黑夜瞬間一股腦兒流洩而入，連那顆滿月彷彿都要被跟著沖刷下來一般；還有赫爾瑞玻璃蜂巢受到汽車衝撞後慘不忍睹的凌亂場面，大廳外側臺階碎裂傾斜，矗立迎賓大道兩邊的梧桐樹受到火吻，枝幹上拓染上片片斑斑似乎能聞到刺鼻焦味的黑色污漬。

「對照組啊……」嚴拓嘀咕著，伸出左手，用指尖移動著，把照片分成了兩邊。

明明是同一棟建築，卻可以輕易區別，劃分為兩個世界。

「我們一直在做的就是這件事。」杰瑞德說道。

「這是拍照的時間？」嚴拓指了指照片角落。

「眞的好復古。」楊可珞插進一句話。

「有時間才好。方便整理。反正事後隨時都能消掉。」

嚴拓捏起其中一張照片，緩緩舉起的同時，打直了身子，在座位上坐起身來。

那是赫爾瑞玻璃蜂巢迎賓大道毀壞的圖片。

照片右下角的時間浮水印，顯示的是今天清晨。

總覺得哪裡不大對勁——嚴拓揪起眉頭，腦袋深處隱隱約約發疼，似乎是連日來的心理衝擊對生理產生了不良影響。他猛地閉上眼睛，放下照片搓揉著太陽穴。

「今晚過後，就結束了。」發現嚴拓不舒服，杰瑞德安撫道，將筆記本按在膝蓋上，前傾身子摸了摸他的頭。

「終於能離開這座島了。我想家了。」楊可珞說完瞄了瞄嚴拓，稍稍低垂雙眼。

誰能預料，原本好好一場盛會，居然會演變成現在這個樣子？

發生了兩起命案——而且兩起命案的死者都是一見如故的朋友。

嚴拓輕輕握住杰瑞德撫住自己的手，抬起頭來凝望著他。

「高芬——」

心臟用力抽搐一下，杰瑞德嚇了一跳——只有在極爲特殊的情況下，他才會呼喚自己的姓氏。

杰瑞德也回望嚴拓，儘管還不知道對方想說什麼，他已經點了頭。

「幫我一個忙。」嚴拓說道。

杰瑞德再回到房間時，已經經過一個多小時。

此刻，天色又產生了變化，方才的陰暗不知何時稍微褪淡，灑出的光芒宛如綴濕宣紙似的，令天空遠近階梯般呈現漸層色調——攝影的最佳時機，俗稱的狼狗時光，魔幻時刻（Magic Hour）。

「要是我被關了，記得來看我。」杰瑞德自我解嘲道。

「紀子不會讓你出事的。」嚴拓說道。

「她是愛屋及烏——我又用了一個成語！」杰瑞德一臉得意高聲喊道，鼻子翹得比天狗[48]還高：「不過你為什麼不自己找她？時機太敏感？也對，那個大塊頭應該也知道你們關係匪淺。」他自己問，又立刻自己說出了答案。

「時間快不夠用了。」楊可珞拉回正題。

再過不到一個小時就必須出發前往會場。

杰瑞德傻笑一下吐了吐舌頭，將VR眼鏡遞到嚴拓和楊可珞面前。

「案發現場的資料都輸入進去了。」杰瑞德將視線移到楊可珞身上，突然變得一本正經，難掩憂心問道：「確定妳也要看？」畢竟連維爾高莫安一個大男人看了都——

48 除了常見的「天狗蝕日」傳說以外，亦有「天狗蝕月」的說法，明代劉炳〈承承堂為洪善初題〉：「天狗蝕月歲靖康，血戰於野龍玄黃。」

「當然要。」楊可珞毫不遲疑，一把抓走ＶＲ眼鏡。

「她要我提醒你，只能看一次，之後檔案會自動銷毀。」

「自動銷毀？這說法讓人想到《不可能的任務》（Mission: Impossible）[49]。」嚴拓訝異在這種情況下，自己竟然還有心力想起這些事。

「《不可能的任務》？」杰瑞德和楊可珞異口同聲問道。

他們不是紀子，也不是李璇——兩人對老電影並不熟悉。

「我們進去吧。」嚴拓說著戴上ＶＲ眼鏡。

另外兩人也跟著戴上。

「那麼……門要打開囉——」

在杰瑞德的尾音消失的瞬間，三人同時開啟開關。

●

一名女人倒在血泊中。仰躺著，臉孔蒼白。

有一點是眾人起先沒料到的——李璇全身光裸。

49　1996年上映的電影，由湯姆．克魯斯（Tom Cruise）主演，諜報電影的經典作品。

不能移開目光。

嚴拓這樣告訴自己。不能辜負紀子，更不能辜負時間被強行中止在那裡的李璇。根據研究，「視覺」能喚起「記憶裡的」嗅覺。明明不是「眞的」，此刻卻彷彿能聞到濃濃的血腥味。

嚴拓的雙手感受到溫度——人的體溫。可珞和杰瑞德分別握住了自己的左右手。這才是眞的。

深呼吸一口氣，他覺得自己能夠面對了。

邁出第一步前，他環視了房間一圈。房間出乎意料的大——比自己的房間還大，幾乎是一戶平常人家的住屋大小。

天花板挑高至三層樓高，上頭有著晶光閃閃的大型吊燈。格局採用樓中樓的概念：一樓是客廳、書房和廚房；沿著靠牆的階梯往上走，則來到二樓的臥室。臥室是開放式的，面向有著希臘風情的欄杆。床大得可以翻滾到吐出來——想是爲了配合富麗堂皇的房間，床選用的是中古歐洲那種周圍有四根床柱，上頭還有一罩由金屬打造、雕刻細緻床頂的款式。

「太誇張了——這房間也太亂了吧？」杰瑞德不由得驚呼道：「這簡直是龍捲風式的瘋狂性愛！」

「要是只看現場，一般人會以爲被闖了空門吧？」

他們說的沒錯——房間凌亂狼藉，像是有誰將盒子般的房間一把抓起猛力搖晃似的。

花瓶杯盤盡碎弄得桌面地板滿是碎片，檯燈倒在地上支離解體，沙發桌椅歪斜錯位，連書架上的書都噴飛出來東一本西一本散落四處——可以想像當時的場面有多麼激烈。

但是李璇下體並沒有驗出維爾高莫安的精液，維爾高莫安也否認兩人發生性關係——他聲稱自己的記憶只到李璇把自己銬在床上爲止。被叫醒時滿臉驚恐一度以爲碰上了仙人跳。

在維爾高莫安體內確實檢驗出安眠藥成份，和他供述的內容相符：「那女人餵了我一口酒，我那時候就覺得好像呑進了什麼東西！」他大言不慚嚷嚷道——當時他滿心期待、以爲的那個東西，恐怕是另一種「藥」。

得知這件事時，嚴拓不禁思索李璇給自己的那個吻，是不是也存在著什麼目的？

紀子肯定也想到了……所以才會執著於那個吻嗎？

嚴拓擺了擺頭，趕緊將心神集中，回到這僅此一次的犯罪現場。

警方研判，李璇的死因，是從二樓墜落，後腦杓受到強力撞擊，撞擊力道經由枕骨大孔往脊柱傳至臀部，造成枕骨破裂當場死亡。

三人來到二樓，站在欄杆前往下望去。

失去生命力的李璇像是被孩子玩膩隨手拋開的芭比娃娃。

被脫下的小洋裝掉落在落地窗邊，內衣褲則落在門口旁的書櫃附近。

「眞的好亂……從這裡看下去更亂了——」杰瑞德轉過身，對著看似沉重的床嘟嚷咕噥道：「連床都被拖動了——這到底是怎麼弄的啊？像是被什麼東西狠狠撞上去一樣。」

嚴拓和楊可珞順著他的目光轉身看過去。

粗壯床腳四周地毯捲起，和一樓相同，上頭七零八落散落著各種物品，猶如被拆解開來的機器人零件雜亂扔放。

「從這裡推下去嗎……」嚴拓轉回身，再度從上方往下眺望，咕噥著，在欄杆前左右徘徊好幾回，陷入了思索。「還是這裡……」他試著在腦海中模擬兇手當時的舉動，然而，卻覺得像是卡錯了卡榫，有種難以言喻的扞格之感。

「看起來，他健身也不是白健的。」杰瑞德從一旁冒出來，像是看風景般搭住欄杆，甚至微微踮起了腳尖。

「怎麼說？」楊可珞拍了一下他的肩膀，搶快問道。

「妳不覺得太遠了嗎？」杰瑞德往底下李璇陳屍的位置一指：「與其說是『推』的，我倒認爲用『拋』的還比較可能。」

「用拋的？你是說像公主抱那樣，把李璇抱起來，然後再甩拋出去？」楊可珞一面確認問道，一面比手畫腳試著重現杰瑞德的說法。偏著頭打從心底感到困惑。「我對殺人是不清楚，不過眞的有人會這樣殺人嗎？太不自然了吧？」

「請問一下有自然的殺人嗎？」杰瑞德明知道楊可珞不是這個意思，卻仍然壓抑不住回嘴的衝動。

楊可珞冷不防往他的後腳跟踢了一下：「我終於明白紀子他們爲什麼會傷透腦筋了。」

「找到什麼有用的線索嗎？」杰瑞德率先摘下VR眼鏡，回到了嚴拓的房間。

楊可珞也跟著摘下，遲遲沒有應聲，一逕直勾勾注視著嚴拓的背影，知道他和自己與杰瑞德看到了不一樣的東西。

「我需要對照組。」嚴拓說道。依然沒有摘下眼鏡。

「你不是來喝酒的吧？」紀子一坐上高腳椅便問道。

這是昨晚兩人共舞的酒吧。

儘管沒有事先約好，但嚴拓似乎不意外會在這裡碰到她，甚至幫她點好了Mojito。他自己面前則擱著一杯Pink Lake。

「你也想重複一次李璇昨晚走的路線吧？」紀子輕啜一口，抿了抿雙唇：「我們想的一樣。」

直到離開，嚴拓都沒有碰那杯Pink Lake一口。

「不用跟我保持距離了？」

「人手都往會場集中過去了，所以才出現現在這片刻的空檔。」紀子斜傾著頭答道，滑落的髮絲柔順，映著光芒呈現緞帶般的光滑質地。

「那得抓緊時間了。」

兩人從李璇和嚴拓見面的酒吧開始，再到的史丹利．莫茲提茲拉練習撞球的遊戲室，接著是維爾高莫安的健身房，最後則是她香消玉殞的地方——維爾高莫安的房間。

「還是沒什麼線索。」紀子看了看手背，時間所剩無幾，寇迪安比差不多該打來催了。

「我們漏了一個地方。」不等紀子反應過來，嚴拓逕自說道：「史丹利．莫茲提茲拉的房間。」

「史丹利．莫茲提茲拉的房間……有什麼疑點嗎？」

「我們一直把焦點擺在維爾高莫安身上。但是我記得今天早上，史丹利．莫茲提茲拉陳述時，提到他帶李璇進過他的房間。」

「我們調閱過那房間的進出記錄，根據該房的智能管家顯示，李璇只在那裡停留了十二秒。十二秒能做什麼事？」紀子接著話鋒一轉：「我原本還指望智能管家能派上用場，爲案件提供此線索——結果和古爾欽博士一案相同，那名叫作卡莎的智能管家什麼都不知道，甚至由於李璇斷氣的地方不在床上，因此檢測不到體溫心跳等體徵……要不是那位女秘書來找維爾高莫安，還不曉得什麼時候會發現。」

「等一下……我記得杰瑞德說過，維爾高莫安拒絕了智能管家的服務。」

「他是拒絕了沒錯。但不表示智能管家不存在。安全鎖、防盜系統、訪客紀錄和關係到使用者安危的體徵監控——這些是基本服務項目。」

「所以不是不存在，只是低調到令人無法察覺。」

「Bingo。」

「我懂了。所以兩者的區別在於，如果一開始就拒絕使用智能管家，入住期間，就算想喚醒也無法喚醒，必須重新向飯店提出申請，才可以開通，享受基本項目以外的服務。」

「喚醒？」

嚴拓自顧自梳理脈絡接續說道：「不過，和我跟杰瑞德他們說明過的一樣，妳剛剛的理解有一個地方不完全正確。這是因爲你們不了解智能管家的運作模式。基於個人隱私考量，只要使用者不主動『喚醒』智能管家，他們便會處於『休眠狀態』。無關乎有沒有打從一開始就啓用智能管家。妳想想，要是眞的和妳所想的一樣，住在那種房間裡不是令人坐立不安嗎？感覺一天二十四小時隨時被人監控著。」

「對於我們司法體系來說，這是相當美妙的設計。」

「請告訴我妳不是眞心的。」嚴拓斜睨她，她笑了一下。嚴拓言歸正傳：「不過，妳剛剛說李璇只待了十二秒——」

十二秒，確實很短。

「所以史丹利．莫茲提茲拉公然說謊。不要說十二秒了，要一個男人在十二分鐘之內冷靜下來，恐怕都不是一件簡單的事——你是男人，應該用不著我多說了吧？」

「那身爲女人的妳，又是怎麼知道的？」

「當、當然是寇迪安比告訴我的啊——」紀子結巴回道，臉頰唰地泛紅。

嚴拓立刻對自己方才的輕浮態度感到後悔，連忙將話題再度拉回正軌：「其實是李璇拒絕了他，只是他愛面子，所以才撒謊說是自己把持了住。」

「這也可以解釋他爲什麼一直喊她妓女——根本是惱羞成怒！」

「但是爲什麼李璇會拒絕他？我是指……他都在遊戲室挑逗他了——是什麼理由讓她在最後關頭捨棄史丹利．莫茲提茲拉，選擇了維爾高莫安？而這個選擇，極有可能就是導致了她被某人盯上、繼而慘遭殺害的主因……」

「這麼推論的話，關鍵還是在維爾高莫安身上了？可是太奇怪了，李璇和他之間沒有交集。維爾高莫安在政策上確實幫了亞爾沃達斯集團不少忙，打通了很多關節，可是這跟李璇沒有明確的關聯性。就算李璇的作品是由亞爾沃達斯的子公司Baal製作，不過嚴格講起來，她仍然是繪本作家，case by case，以專案的形式和他們合作，並不算是Baal的員工。」紀子絮絮叨叨推論道：「說不定兩人從前有什麼幽微的關係……也說不定——李璇雖然是中國青島人，但在英國進修過插畫。我馬上請倫敦的同事深入調查兩人的背景。」

「如果眞是這樣，兇手的目的在於誣陷維爾高莫安？」

「就算他不是兇手，出了這種天大的醜聞，未來的官途大概全都毀了。」

「政治鬥爭？若是和上個月的槍擊案連結也不無可能——影響範圍和層級已經超出我們原先的預想，待會兒還得先向局長知會一聲。」

在紀子多方聯繫的同時，兩人來到八十三樓，史丹利．莫茲提茲拉房間所在的樓層。

「請兩位跟我來。」紀子出示證明後，該層負責的樓層機器人海布瑞曼隨即帶他們來到房間。

乍看之下，格局和裝潢跟維爾高莫安的房間毫無二致——說不定有他們看不出來的細節差異，還是詢問「專家」最準確也最有效率。

「史丹利．莫茲提茲拉和維爾高莫安．范岡的房間一模一樣？」

並沒有抱太大希望，只是想將每一處扎扎實實確認一遍，沒想到——得到出乎意料的答案。

「莫茲提茲拉部長和維爾高莫安議員住的同爲Bahmana房，爲本飯店最高級別的房間。然而莫茲提茲拉部長入住時提出了三項更動。一：將沙發由原本的綠色改爲黃色，黃色是他的幸運色。二：將床換成無床頂的款式，因爲上頭有東西罩著容易造成壓迫感。三：書架上的書不可以出現中文字。這點莫茲提茲拉部長沒有特別說明事由。」

「看來都是些小事。」

雖然「兩者確實存在不同之處」的事實讓嚴拓一時間感到振奮，可是正如紀子所說，當中看不出「致命」的差異。

紀子難掩失望，又瞄了一眼手背。時間用完了。

「妳趕快去吧，我也差不多要去會場了。」嚴拓朝她眨一下眼睛，扭過頭，瞥向候在門口的海布瑞曼說道：「謝謝你，你先去忙吧。」

「不客氣。」海布瑞曼轉身離去。

「怎麼了？還不想走？」來到房門前，嚴拓側過身，發現背對著高懸滿月落地窗的紀子沒有跟上來，佇立在原地凝視著自己。「怎麼這樣看我？」

「沒什麼，原本很好奇你爲什麼非攙和進這起命案不可？但剛剛我找到答案了——對一具機器人都這麼認眞，也難怪你會這麼在意李璇的命案了。」

15

「靈動？她好意思說，我還不好意思聽哩！」直到下了車，杰瑞德還在大聲嚷嚷。

起因是他在車上讀到的那篇出自艾瑟潘之手的報導——

都是月亮惹的禍？飯店靈動，繪本作家李璇死因成謎！

「月亮惹的禍[50]？早知道不要借她那張ＣＤ了！」杰瑞德持續喊著，翻了翻白眼。

三人進入會場，吵雜抗議聲頓時消失。彷彿在外頭進行第三天抗議的民眾全在一瞬間被消滅了。

「你家還有ＣＤ？啊——也對！畢竟你連照片都還會洗出來。」楊可珞自問自答揶揄著他，她的聲音在室內產生透薄的回音。

「在澳洲少數民族的傳統裡，有一則神話，照到滿月月光的石頭會被賦予生命，化成人在夜空下跳舞……在匈牙利也有類似傳說，滿月之時，城堡會沿著湖畔緩慢移動，以每年半英吋的速率……這像話嗎？這是報導嗎？先不管什麼口傳軼聞，城堡移動幾英吋，這是地殼變動吧？我有點明白以前的人為什麼會獵巫了——我道歉。我為我剛才的衝動發言鄭重道歉。再怎麼樣都不該贊同獵巫行為。」杰瑞德歇斯底里兀自嘟囔道。

「好了，你別氣了。讀者讀久了，也會知道這名記者的風格。要是她總是說些沒有根據的事，時間久了別人也就看穿了。」

「這妳就不懂了，這叫『劣幣驅逐良幣』，這年頭要看穿一件事太難了。難度差不多和吸引人們看一件正經事一樣高。」

「先不跟你說了，我還要去跟負責現場維安的人員確認一下——我今天缺席，得補上進度。嚴先生交給你了。」楊可珞說著踩著小碎步從另一個通道進入宴會。

「聽到了沒有——你就交、給、我、啦！」

[50] 歌曲〈月亮惹的禍〉，出自台灣歌手張宇的專輯《月亮太陽》。

「杰瑞德先生，請單獨進入。」負責操作金屬測繪儀的人員面無表情說道。

杰瑞德率先通過。

接著輪到嚴拓。

嗶。

發出奇怪的音效。

「先生，請跟我來。」一名身穿黑色西裝的男子忽地冒出，快步走上前來，擋在嚴拓身邊試圖把他和其他人隔絕開來。

「欸——你們做什麼？他是跟我一起的！」杰瑞德一發現不對勁，忙不迭一個箭步衝上前去。

「先生！不好意思——您不能過去。」嘴上說著「您」、說著「不好意思」，卻極爲粗魯地將杰瑞德架開。

「杰瑞德——」只有嚴拓能夠讓發狂的他立刻冷靜下來。「沒事的，別擔心。你先進去。」

●

宴會開始了。

最後的晚宴。

今天沒有設定任何主題，所有人都像是參加名流聚餐般，男的身穿量身訂製的西裝燕尾服，女的則穿上出自知名設計師之手高雅別緻的晚禮服，搭選的配件珠寶更是要比服裝貴上十倍百倍甚至千倍。光是投保金額就足以買一棟新房——爲了這最重要的最後一晚，滿月嘉年華的終夜，所有人都把壓箱寶拿了出來。

今晚的媒體前所未有的多。患有密集恐懼症的人恐怕連一秒鐘都待不下去。

儘管大多數都是因爲這兩起命案被吸引過來的：沒有人會承認，但不可諱言，其中絕大多數恐怕都暗自期待這最後一晚再發生些什麼事。

他們不是天生是個壞人，只是沒機會學習如何在無關的人的生命裡當個好人。

「嚴先生呢？」楊可珞在杰瑞德斜前方落座。兩人中間留下的位子顯然是嚴拓的。

「他被帶走了。」杰瑞德故作鎮定，抓起杯子灌了一半香檳。

「帶走了？我不是把他交給了你嗎？被誰帶走了？中島醫生？」她直覺想到那個情緒淡如水的男人。嚴拓好像和他特別投緣。

「不是，在入口處被工作人員帶走了。」

「入口處？金屬測繪儀那邊？難道是器官的關係？不對啊……應該很容易判斷出來，況且前兩天不都沒事？」

「拓要我們別擔心。」

「梅林的鬍子——他當然會這麼說啊！」楊可珞使勁往杰瑞德肩膀捶一拳。

「他是知名遊戲公司的CEO，不會有事的。更何況，就算有事還有紀子在。」在等待楊可珞出現教訓自己的這段期間，杰瑞德仔細思考過，儘管眼下嚴拓不知道因爲什麼理由被帶走，但這是2032年，又是如此文明的場合，加以方才提到的嚴拓的身分——不可能會出什麼事。

眞正會發生悲劇——並且不斷不斷重複發生的地方，存在可是不存在這裡。

「紀子？妳現在倒是叫得挺親暱的——」

「頒獎典禮要開始了。」燈光暗下，杰瑞德壓低聲音。

●

典禮進行得相當順利，場面有趣又溫馨，如果不是這幾天發生的事，大概會是一段美好豐盛的回憶。

「讓我們在一次熱烈掌聲恭喜……」

在熱烈的掌聲中，得獎人高舉獎座步下舞台。

終於來到最後大獎，得獎作品爲：Home Wrecker。

然而，三人組成的主創團隊只剩下中島介一人。

「他爲什麼還是沒來？典禮都快結束了——」楊可珞探頭往四周瞄了瞄。

「說不定是覺得典禮無聊，乾脆趁機溜掉了。說眞的，我也想開溜了。」他作勢打了個呵欠。

兩人心裡清楚，嚴拓可能是怕觸景傷情。

「我去找他——」擔心嚴拓躲在某個角落黯然神傷的楊可珞說著就要起身。

「等一下——」杰瑞德連忙俯身扣住她的手腕，抬眼注視著她：「快結束了。他會希望我們爲他們鼓掌喝采的。」

楊可珞悻悻然塞回座位。她討厭自己不得不認同他的說法的時候。

「而且今天這個主持人還挺帥的，就是矮了點。」他說著將雙臂盤在胸前，也不管對方能不能看見自己，逕自拋了個媚眼。

「今屆滿月嘉年華最後一個、同時也是最大的一個獎項……」

會從哪裡上台呢——好奇心旺盛的杰瑞德左顧右盼，沒見著中島介的身影。

「得獎作品爲Home Wrecker，由Circe遊戲小組製作，Baal出品——讓我們歡迎得獎者嚴拓，嚴先生上台代表受獎。」

名字一宣布，底下一片譁然，對於遊戲產業不熟悉的主持人還一頭霧水，不曉得發生了什麼事。

「嚴拓？他不是HF工作室的CEO嗎？」

「是不是念錯名字啦？還是搞錯名單了？」

「Circe遊戲小組不就那個連續兩個人死掉的那個單位……」

「是不是長得很帥像某個演員的那個人啊？我在雜誌上看過他——」

「怎麼回事？」楊可珞一臉詫異問道，下意識挪到杰瑞德隔壁的座位緊緊挽住他的結實胳膊。

「我也想知道啊——梅林的鬍子！」

被杰瑞德逮住機會嘲笑的楊可珞重重踩他一腳。

更令人匪夷所思的還在後頭，從後方布幕出現，登上舞台站在眾人面前的不是別人，正是剛剛被喊到名字的——

「嚴拓——嚴……拓？」這會兒杰瑞德也傻住了。「不會吧？眞的是他？」

不是中島介，而是嚴拓——爲什麼？

要是把每個人的想法全畫出來，台底下恐怕會塞滿問號。

「大家好，我是嚴拓。」站在聚光燈底下的嚴拓，五官益發立體，眼神更顯深邃，讓人聯想到屋大維（Gaius Octavius Thurinus）[51]之類的大理石雕像。他稍作停頓，欠身後繼續說道：「也許各位很意外，更多是困惑吧？爲什麼站在這裡受獎、發表得獎感言的，不是Circe遊戲小組的中島先生？甚至也不是亞爾沃達斯集團的任何一位高階主管，而是——另一間公司的人。」

說到這裡，嚴拓俯視著舞台下的羅菲朗．亞爾沃達斯。散發著狼一般氣息的男子，此刻明確感受到來自嚴拓話語中的挑釁，他稍稍揚起下顎，靜靜迎接對方的視線。

「怎麼又是這傢伙？」史丹利．莫茲提茲拉仰頭灌一口，才發現酒杯空了。他將杯子喀一聲重重按在桌上。

一旁的喬治．多魯亞圖幫他把酒倒滿。眼神卻始終定在嚴拓身上。

「其實我也是不久前才知道，早在一開始，最剛開始，也就是大家還沒來到這座維齊洛波奇特利島之前，古爾欽博士給出的名單，上頭塡的就是我的名字。」嚴拓態度從容，絲毫沒有走錯舞台的尷尬侷促。「沒有人發現這一點，其實我並不感到意外。因爲一直以來，我們注意的都是作品、是公司，在這個領域，幾乎每個人都被縮得很小很小，不存在『個體』這個概念——對不起……我偏題了。言歸正傳，古

---

51 羅馬帝國的開國君主，另一個較為人所知的是他的頭銜「奧古斯都」（Imperator Caesar Divi F. Augustus）。

爾欽博士之所以讓我上台，代表他們領這個獎，裡頭有一個很重要的原因，甚至我們可以說：是唯一的原因。」

羅菲朗・亞爾沃達斯一直在想該什麼時候、用什麼藉口打斷這個無禮的男人，他感到隱隱不安，清了清喉嚨，正想起身——

「其實呢，典禮開始時，就在剛剛，我動了個小手術——」

嚴拓看似突梯的發言瞬間又將這番演說推向另一個高潮，底下再次掀起討論，將羅菲朗・亞爾沃達斯的舉動掩蓋過去。他只好悻悻然塞回座位。然而他的反應，都被他的表哥馮昂・亞爾沃達斯看在眼裡。

「小手術？什麼小手術？」楊可珞雙手掐住杰瑞德的臉頰，將他扳過來死瞪著他。

「我也不知道——他哪裡有病？」

「你才有病！」

「至於原因呢……」

「噓——先聽聽拓怎麼說。」

「有人在我的肚子裡，放了一個禮物。」嚴拓用念童書般的語氣說道。

「他知道男人再過不久也能懷孕了嗎？」杰瑞德笑道。

楊可珞又使勁擰一下他的臉頰，這次有些疼，杰瑞德猛地拱起身子。

發現舞台上的騷動，負責另一區的寇迪安比氣急敗壞衝向前方，按住紀子的肩膀，調整呼吸後問道：

「他——他在台上做什麼？」

「我也不知道他想做什麼。」嘴上這麼說，紀子那充滿期待的眼神卻片刻離不開他。

「我覺得不妙，他太單純了，單純到難以預測。」

「揭曉這份禮物前，我想先爲各位解答兩起案件——」

「欸欸欸——別鬧了，他又想當偵探？」寇迪安比對嚴拓的預感成眞。

「第一起案件，是溫絲．古爾欽博士的命案。想必在場的各位都已經知道了，根據警方的調查，古爾欽博士確實是自殺。藉由提高杏仁體內多核皮質素的方式。然而，她爲什麼要自殺，卻是至今仍然無法得到解決的問題。現在，我可以告訴大家，她是爲了她的女兒自殺的——請大家千萬不要誤會，古爾欽博士她……她深愛著自己的女兒，即便是領養來的。但也就是因爲深愛著她，古爾欽博士才不得不選擇這個『方式』。」

「方式……」

「再來，第二起案件，是繪本作家李璇小姐的命案。最大嫌疑人是政界寵兒維爾高莫安議員。由於案件目前尚在偵查當中，因此以下發言，純屬個人看法——不過這也正是事情的眞相。」也不管眾人究竟對這兩起案件的內容到底清不清楚，嚴拓用相當專注的目光，像是在對著那百千人裡頭的某幾個特定對象說道：「宴會到現在，大家想必都累了——那麼，我就從結論說起好了。李璇小姐她，也是自殺。對命案現場略有所聞的人一定會提出質疑：那種狀況哪有可能是自殺？」

「我去阻止他——」眼見場面快要失控，寇迪安比說道。

紀子冷不防出手緊緊揪住他的袖子。

「事實上，艾瑟潘小姐的報導給了我一點啓發——」突然被點到名的艾瑟潘像隻從草叢裡冒出頭的兔子。彷彿能看見昏暗會場裡的她，嚴拓抿出淡淡的微笑：「『靈動』。李璇小姐利用了某種手法，讓房間成爲一個無重力的空間。這也是爲什麼房間亂成那樣，爲什麼她『可以』墜落在離二樓欄杆這麼遠的地方。」

「『可以』……」嚴拓的用詞令紀子不得不在意。

「我知道這些……這些你們統統都沒有興趣。」

是啊，他們的死，關你們什麼事呢——嚴拓在心底說著。

「但是有一件事，包括我在內、包括我在內，我們——我們統統都必須負責。」

無端受到指責的眾人開始鼓譟，像是在催促他趕緊下台。

羅菲朗．亞爾沃達斯決定把握住機會——

「還記得我剛剛提到的『禮物』吧？」

但節奏始終在嚴拓的掌握中。

「這就是李璇留給我——不，留給我們大家的禮物。」

說著，隨著揚起的語調，舞台上出現投影，宛如鳥翼展翅一般，巨大的虛擬螢幕瞬間在半空中延展開來。

「時間是兩個月前，九月二十七日。我不知道大家還記不記得那天，據說有很高機率兩顆小行星將會相撞。」嚴拓適度停頓，給予眾人回憶的空間。「看大家的表情，我猜，應該都回想起來了吧？電磁脈衝——我們都怕死了。」不少人笑出聲來。嚴拓深呼吸一口氣後，接續說道：「後來，還好小行星沒有相撞。我們都還在這裡。倒是發生了太陽風。公司在美國的朋友或許也發生了類似情況——當時我們在美國的伺服器受到影響，出現短暫故障。很短暫，大概零點零幾秒。而位於克利夫蘭的Circe研究室和我們一樣，也發生了故障。而就是這個短暫到比眨眼還快的零點零幾秒，改變了他們三個人的一生。」

不可能吧……難道這個男人打算——

「這是當天在Circe紀錄下來的影像檔。」嚴拓說著，開始播放影片。

影片是遊戲畫面。

準確來說，是Home Wrecker的遊戲畫面。

「這裡是Circe位於美國克利夫蘭的資料分析室，主要是根據每日隨機挑選的線上玩家進行觀察，從而修正、改良遊戲——再過三秒，三、二、一。有看到什麼嗎？沒有的話，我們再來一次。」嚴拓將影像倒轉：「三、二、一——還是沒看到？」

畫面依舊是遊戲畫面——

扮演孩子的玩家把手上的皮球扔向遠方積木，接著砰砰砰跑上二樓抓起水槍往絨毛娃娃噴水，最後來到窗口往遠方眺望用彈弓往劃過天空的無人機發射，無人機應聲爆炸爆出七彩顏料和燦爛的紙花。

「我們、我們再試一次——」嚴拓不想這麼快放棄。

遊戲畫面重播——

扮演孩子的玩家把手上的皮球扔向遠方積木，接著砰砰砰跑上二樓抓起水槍往絨毛娃娃噴水水，最後來到窗口往遠方眺望用彈弓往劃過天空的無人機發射，無人機應聲爆炸爆出七彩顏料和絢爛的紙花。

一開始還躍躍欲試帶著挑戰的心情，然而不知道嚴拓到底要讓自己看什麼，群眾很快失去了耐心。

不過，其中有少數幾個人，似乎察覺到不對勁——

「剛剛好像看到了什麼……」

「我也是，看錯了吧？」

「那個東西好像是——」

他們瞇細眼，他們皺起眉。

不只是你們——雖然不多，但現在，確實有其他人也看到了。

嚴拓感到欣慰。「不爲難各位了，現在，我把速度放慢。不對，放慢的不是我，是古爾欽博士。還是看不清楚？沒關係，再放慢一點。還是不行？不要著急，古爾欽博士會用連續畫面讓各位看清楚對照圖。今天——一定會讓各位睜大眼睛，看清楚。」

「我的天——」

「這、這怎麼可能——」

「不會、不會、不可能——不可能……」

會場爆出一片哀嚎，接著——

有人咆哮，有人尖叫，有人哭泣，有人失去言語能力，有人應聲倒地暈厥過去。

而更多人只是睜大爬滿血絲的眼睛，不敢相信這樣的事實，居然會是眞的。

然後嘔吐——剛剛吃下肚的精緻食物一時間全嘔出來，一灘灘面目模糊散發出濃厚腥臭味的嘔吐物當中像是混雜了自己腐敗的內臟。。

爲自己身爲這巨大機械中的一小顆零件而反胃嘔吐。

「這就是遊戲的眞相。」

剛剛的遊戲畫面被解碼現出了原形——

操縱機器人的玩家把手上的手榴彈扔向遠方建築，接著砰砰砰跑上二樓抓起ANM12戰鬥步槍往孩子們射擊，最後來到窗口往遠方眺望用Rh-140-23滑膛砲（Smoothbore）往劃過天空的Z6攻擊機發射，Z6攻擊機應聲爆炸爆出刺眼的火光。

畫面停格在從二樓窗口延伸而去的街道：率先映入眼簾的，是那層瀰漫在上空彷彿永遠散不去的濃黑煙霧——明明是白天，卻像是被什麼從四面八方罩住似的令人無法喘息。接著，以一隻俯飛的鳥的姿態視線慢慢往下移動，廣場中央有著華美雕像的水池被砲彈砸碎，池水和血水混流成河沿著石磚縫隙奔淌；四周圍理應爲人民遮雨擋雨的房屋頹傾倒塌一片像被頑童隨手推翻的積木；載著孩子上下課一家老小出遊或者擔負起一戶生計的車子竄燃熊熊烈火，燒著燒著下一秒變成炸彈砰一聲在路面炸出個大洞；空氣中飄散著恐懼和刺鼻的瓦斯汽油味，連接兩岸的橋樑一邊被墜落的轟炸機擊中搖搖欲墜眼看就要斷裂，而上頭的民眾都還來不及疏散……不知道還能往哪裡逃……到處都有人在叫喊，到處是散落的焦黑屍塊……有東西滾到腳尖前，啊，是孩子的頭顱，血還沒乾透，蒼蠅飛蟲嗡嗡嗡飛繞耳側，那對天真眼睛裡看到的是精神崩潰把頭髮連同頭皮都撕下來的父母……學校老師找不到孩子拖著少了一條腿的身體沿著外牆爬，醫院也被炸毀了，年邁的母親還在裡面……還有學生家長……爺爺呢？總是待在家裡的爺爺肯定已經被和孫子差不多年紀的屋子壓碎了吧？

還可以活多久呢？

原來——Home Wrecker遊戲背景選項之一的嘉年華熱鬧市集，是慘無人道血肉橫飛的戰場。

然而，遊戲從來都不只是這樣——

忽然間，鏡頭細細一顫晃，往後拉，緩緩拉開再拉開距離——原來畫面不只一格。

如昆蟲複眼般密密麻麻叢聚著的，是世界各處數之不盡的人間煉獄。

所以是「Home」而不是「House」——杰瑞德對彼時自己隱隱約察覺到的異樣感有了解答。

高懸在舞台前方的巨大眼睛直直盯著在場所有人。

這不是一場純粹的遊戲。

所有的玩家，都是兇手。

16

人的自信，來自於掌控。

面對當下所處的環境能掌控多少部分，左右了一個人最終會做出何種決策。

雖然都說眼見不一定爲憑，但絕大多數人，仍然深信自己所看到的一切。因爲一旦開始懷疑，往往便寸步難行。也就是說，大多數人的相信，其實源自於「便利」。好比小時候在學校裡學過的數學歸納法（Mathematical Induction），首先，證明在某個起點值時命題成立，然後證明從一個值到下一個值的過程有效。當這兩點皆獲得證明，任意值都可以通過反覆使用這個方法推導出來。

嚴格來說，這邏輯並沒有錯，畢竟數學怎麼會出錯呢——只是最一開始的命題，眞僞的證明很多時候都不是我們自己驗證的。而是別人告訴我們：這是對的。甚至現在，人們什麼也不說了，他們直接做給你看，用行爲告訴你：我都做了你還擔心什麼？

所以我們將自己的身份交了出去，將全身心交付給提供遊戲環境的這整個系統。

所以我們成為當中的一份子。

然而，要是當初告訴你「這麼做沒問題的」，其實是惡魔呢？

一雙惡魔的手遮住你的眼睛——

我跳！

在你耳邊低語，讓你不曉得，你高高躍起後重重蹬踩的不是帶有卡通圖案的床墊，而是某個即將臨盆的孕婦。她哭喊著不要不要拜託不要……另一雙惡魔的手摀住你的耳朵，在旁邊發出童稚的聲音竊笑著。你也跟著笑了。

我敲！

在你耳邊低語，讓你不曉得，你敲碎的那個朝你飛來的榴槤椰子和哈密瓜，其實是某群人的腦袋。那群手持武器的人可能是你國家的敵人，也可能是你這一輩子從沒聽過、到過的截然陌生的國家。他們竭盡全力抵抗任何侵犯，卻被更強大的科技視如螻蟻輕率擰死。

我砍！

在你耳邊低語，讓你不曉得，為了補充生命值切斷的豆腐培根法國麵包、為了增加積分劈砍的室內柱子陽台欄杆或者樓梯扶手，實際上是某些人的四肢，某些人無法一鍵復原的家園。綁著炸彈的他們在你面前爆炸，你卻只看到一大束花，玫瑰百合天堂鳥……你舉起手上的球棒水槍菜刀開玩笑揮打、擊發、砍下……你太厲害了，沒有人可以偷襲你。你通過一關又一關，成為全球一百名以內的頂尖玩家。你不想浪費時間睡覺，你知道在另一個時區總有人醒著準備超越自己的分數……你的技術愈來愈好。

我扔！

在你耳邊低語，讓你不曉得，扔出去的並不是紙團飛盤皮球和枕頭……你打倒的一切都是活生生的存在。你甚至不知道自己呼出的每一口氣是生化武器——無差別的大規模屠殺：身體腫脹變色冒出肉瘤、渾身長滿水泡爛瘡膿水滲流，肌肉骨頭疼痛欲裂五孔流血……沒有關係，眞正的你身處在千里之外溫馨的家裡。你埋怨著自己的不幸憤憤破壞虛擬出來的世界。不曾意識到，所有的虛擬所有的幻想，骨子裡都和眞實世界有著或深或淺的聯繫。

我什麼都不知道。

因爲戰爭，有小女孩被強姦到脫肛腸子都流了出來，有人的頭顱被剁下來當作球踢，也有人把俘虜活生生餵給看似憨厚實則兇殘無比的河馬……

我什麼都不知道。

上課、工作、飲食、購物、玩樂……明明只是在離戰亂再遙遠不過的地方過著再平凡不過的日常生活，爲什麼就變成了殺人兇手？

所以……你是無辜的？

即使你的每一個小小的選擇都牽動著世界的一點點的改變。

我說過了我什麼都不知道！什麼都不知道……什麼都不知道……什麼都不知道……

雖然從結果來看，玩家們是被矇騙、利用了——是在喪心病狂的政客和背棄遊戲價值的商人操弄之下的無辜者……但即便一無所知，難道對於發生的這一切，他們心中沒有一絲絲的默許？

因爲置身事外，所以才以爲眞的能置身事外。

嚴拓最後這樣回答了自己。

●

「弄出這麼大的動靜，嚴先生，你可一定要給我們一個交代──」寇迪安比打破沉默說道：「畢竟我們已經按照你的要求處理了。」

「大家先坐下吧，問題總是要解決。」紀子說道。

嚴拓所揭露的殘酷眞相引起極大騷動，此刻，會場已經淨空──大多數賓客都被「請」走，只留下少數必要的「角色」。

英國上議院議員維爾高莫安・范岡、馮昂・亞爾沃達斯和他的妻子歐瑞妲・約奧辛汀、羅菲朗・亞爾沃達斯、喬治・多魯亞圖、史丹利・莫茲提茲拉以及中島介醫生。

回想起方才宛如集體中邪的混亂場面，楊可珞仍然心有餘悸。

但是最讓她感到震撼、直到現在渾身都還在顫抖著的，當然是那個畫面。

太陽風引起的機械故障導致加密器短暫失靈──

是哪個國家呢？現在的情況怎麼樣了呢？

那些都還只是未滿十歲的孩子啊……

「不愧是文明人，連解決問題的方式都溫良恭儉讓。」儘管杰瑞德絲毫不掩飾話語中的諷刺，依然率先落座。基因裡的記者細胞──他太想知道這一連串事情的來龍去脈。

眾人紛紛就近坐下。

方才人滿爲患的宴會廳此刻空曠到彷彿能颳起龍捲風。

「該怎哪裡開始說才好……」嚴拓搔了搔臉頰，一下舞台，似乎恢復成平日的他。

或許也是因爲對嚴拓而言，他已經幫「他們」把話帶到了。

「從那份禮物──『手術』說起好了。」寇迪安比起頭道。

嚴拓照本宣科般唸出今晚發生的事：「今天和杰瑞德進入會場時，我在金屬測繪儀那邊被攔住，他們將我帶到另一個房間，說我體內有東西。我跟他們解釋那是半金屬器官。他們說器官沒問題，他們『感興趣』的，是附著在器官上的東西。他們找了醫生──」他看向坐在柱子旁座位的中島介。「就是他們集團的醫生，中島介醫生，來幫我診斷。發現原來被植入了femtometer[52]晶片。當下立刻動手術取出，易如反掌的手術──我記得中島介醫生是這麼形容的。不用擔心，是不留疤痕的微創手術。」最後這句話他是看著楊可珞說的。

楊可珞懸著的一顆心這才稍稍放下。

「影片就存在femto、femto……存在那東西裡面？」

「這不是廢話嗎？」杰瑞德連看寇迪安比一眼都懶。

「那麼那東西又是怎麼跑到你胃裡頭的？」寇迪安比早已能將杰瑞德的話當作耳邊風。

52 飛米。相當小的單位，1飛米相當於10-15米，0.000001奈米。

「李璇——難道是那個吻?」紀子反應極快，幾乎是立刻驚呼道。

「吻?」楊可珞一臉茫然。

「吻?什麼吻?李璇吻你?你不會吻回去了吧?」杰瑞德伸腳往半空中一踹。

「她吻我的時候，順勢把口中的酒讓我喝下。應該就是那時候。」

嚴拓回想著，當時吻自己前，李璇曾經側過身迴避自己的目光——就是那時候含進嘴裡的吧?

「既然談到了李璇，接下來就說明一下，爲什麼你斷定李璇的死——是自殺?」儘管問的對象是嚴拓，寇迪安比卻瞅著維爾高莫安議員。

「關於李璇自殺的手法，其實不是我的專業領域，所以，我是從結論反推出來的。」

「從結論反推出來?」

「溫絲．古爾欽博士在進入遊戲產業以前，在林頓．詹森太空中心從事研究，林頓．詹森太空中心其中一項重點任務，便是『訓練太空人』。在上台發表那番言論前，我和我一位熟悉航太科學的朋友討論過，他說如果古爾欽博士眞的發明出反重力裝置的話，就有可能讓房間成爲無重力空間。我想……如果將現場散落的物件蒐集完整仔細分類，或許能找到一些線索——例如某個機體的零件。不過現場實在太亂了，再加上當時的情況證據都指向維爾高莫安，因此一時半刻很難看出眞相。」

「不，眞正難以看出眞相的原因，我想是在於那種發明已經超乎我們的想像。一旦出現超乎想像的事物，人們往往會視而不見。誰能想到……人居然可以憑空飄浮起來?」杰瑞德忽然臉色一沉一改先前輕佻態度，提出自己的看法。

「人怎麼可能憑空飄浮!」寇迪安比咆哮道。

「那麼，青蛙呢？你覺得青蛙能夠飄浮在半空中嗎？」嚴拓直視著寇迪安比，用近乎質問的語氣問道。

「青蛙嗎？青蛙不大，倒是有可能……」

「那麼，兔子呢？你覺得兔子能夠飄浮在半空中嗎？」

「嗯……我不確定，也許可以——你他媽的到底想說什麼？」他不耐煩起來——現在是問這個的時候嗎？

「柯基犬呢？你覺得柯基犬能夠飄浮在半空中嗎？」

「我不知道，我也不在乎。」

嚴拓操作智能指戒，指戒往半空中投射出巨大的螢幕。

「請各位看一下這段影片。」

「搞什麼鬼？」

雖然不滿，但還是得按照嚴拓的步驟走，畢竟看穿一切眞相的人，是他。

影片裡，是一隻飄浮在半空中的青蛙。

「這是2010年榮獲諾貝爾物理獎的得主，安德烈・蓋姆（Sir Andre Konstantin Geim）早年做的一項實驗。接下來，是澳洲科學家方葳（Winnie Fong），於2027年在阿德萊德進行的實驗——她當時成功讓兔子飄浮。接著，不到一年半的時間，也順利讓柯基犬飄浮。」

影片陸續播放。嚴拓不是在開玩笑，這些都是已經公開在網路上的資料。

嚴拓收回虛擬螢幕，看向眾人說道：「聽過亞里士多德吧？他最有名的理論，就是三段論——大前提、小前提，最後是結論。」

寇迪安比白了嚴拓一眼，但不可否認，他被這番言論挑起了好奇心。

「大前提，人會死。小前提，蘇格拉底是人。結論，蘇格拉底會死。現在，我們照樣造句——大前提，物體會飄浮。小前提，青蛙是物體。結論，青蛙會飄浮。透過實驗，以上所舉例的大前提顯然已經成立。是鐵錚錚的事實：確實有一種發明，可以讓物體飄浮。那麼，我們可以再置換一次，大前提，物體會飄浮。小前提，人是物體。結論，人會飄浮。」

「那只是理想。」他冷笑一聲。「天曉得這是多久以後才會發生的事。」

「理想就是最終的事實，是不管需要花多長時間，總有一天會抵達的目的地。」

嚴拓回想起那晚和溫絲之間的談話——她的無悔。

還有，她的害怕。

比任何人都快，她已經走到那裡了。

「等等、你是不是哪裡搞錯了，我們現在在討論的，是李璇的死——」寇迪安比忽然意識到問題核心：「還是……還是你的意思是，古爾欽博士協助李璇自殺？」

「你說對了，寇迪安比。」

被嚴拓輕聲喊出名字的寇迪安比頓時像是中了石化術停格住。

「也是因爲這條線索，我發現，還有一個人沒死——」

「還有一個人沒死？」聽到此處，艾瑞德不由得輕聲驚呼。

嚴拓慎重點了個頭。「古爾欽博士的死，有兩層意義，第一層，是向她同樣遭受戰火而家破人亡的女兒莉莉卓薇爾道歉，或者說，贖罪；第二層意義，則是將群眾的焦點聚集過來——」

「先是掐死自己，看似不可能的自殺……然後是現任議員的姦殺疑雲——升級了。」紀子呢喃道：「按照你的說法……最後一個……最後一個……」

「對科技一竅不通的李璇利用無重力原理而死，對醫學一竅不通的古爾欽博士因爲吸收過量多核皮質素而死——」嚴拓的目光聚集在極爲低調的中島介身上：「如果我沒猜錯——你打算用『李璇的』方式自殺。」

「原本是。那是一個令人印象深刻的死法。既殘酷又可愛，就像你們剛剛在影片裡看到的那樣。」沒有迴避，沒有辯解。中島介直率說道，音調沒有絲毫起伏，宛如歸零平坦的心電圖，不帶一絲情緒。「我原本也想跟她們一起去死的……但是……她們說服了我。」

「她們……怎麼說服了你？」

「她們要我活著，看看之後的世界，有沒有變得更好。」

「之後的世界啊……」

之後的世界，有沒有變得更好？

「我這邊也有一個問題。」杰瑞德像個乖學生一樣舉手發問道：「炸彈恐嚇也是中島醫生他們寄的嗎？」

「是我。」

應聲的人出乎意料。

「多魯亞圖部長？」紀子詫異細聲喊道。

「你？喬治——恐嚇、恐嚇信是你寄的？你、你為什麼要這麼做！」滿臉通紅的史丹利．莫茲提茲拉倏然站起身來，一把揪住喬治．多魯亞圖的衣領，逼近他鼻翼豐厚的鼻頭質問道：「我們不是站在同一邊的嗎？」

「我認為我們所做的，是必要之惡。不過，雖然必要，卻不應該引以為傲。史丹利，我無法認同Home Wrecker在滿月嘉年華接受表揚。這是我的原則。」

「原則？你的意思是我沒有原則嗎？」史丹利．莫茲提茲拉放開喬治．多魯亞圖，扭頭瞪住嚴拓，喉嚨深處發出野獸似的低鳴，用嘶啞的聲音吼道：「你知道你做的事會為多少國家造成多大的動盪和無謂的鉅額損失嗎？」

「我不知道。我知道的太少了。」嚴拓冷冷回道。雖然淡漠，但配合他的神情仔細一聽，可以察覺到聲音裡蘊含著極為深沉的憤怒、無奈，還有對自己的失望。「不過，我想請你們不要再繼續假裝你們曾為了人民設想過。」

「你們到底為什麼要這麼做？到底為什麼非要把純粹的遊戲拉進你們的爭鬥之中？」接續嚴拓的控訴，杰瑞德從座位上拔起身來，椅子應聲往後一倒。

嚴拓可以理解杰瑞德為什麼如此激動——他們的所作所為破壞了使用者與供應者原本心照不宣的微妙平衡：我不想了解，你也不用解釋太多。

各項軟體的資料授權和應用，與其說是奠基於法律規章，倒不如說是靠著企業與消費者之間的默契方能順暢運轉。然而，此次「遊戲軍事化」事件爆發，是一大醜聞，勢必重創科技產業，讓各界重新審視、檢討過往進行的機制。所有玩家——不，是所有人，從今往後都將懷疑，是不是能相信的，只有近在眼前並且可以眞實碰觸到的事物？

人類不停演進的互動模式將會因爲信任的瓦解而倒退。

因爲，如果沒有對於科技百分之百的信任，就無法將腦中天馬行空的想像在眞實世界裡實現。

「沒有什麼『你們』，全都是『我們』。」喬治．多魯亞圖耐人尋味說道。接著瞇細那雙混濁的眼睛。「這不是第一次從『娛樂』裡獲得靈感……聽過斯通納吧？尤金．莫里森．斯通納（Eugene Morrison Stoner），我國著名的槍械設計師。由他所發明並以之命名的斯通納槍族，又被稱爲『積木式槍械』，便於拆裝重組。據說是他在送孩子到幼兒園時，看到孩子們在玩積木而得到的啓發。在科技早已凌駕於體能的現代戰爭中，優秀的玩家比起強壯剽悍的士兵更珍貴。眾所皆知，近年來有愈來愈多機器人投入戰爭，爲了減少傷亡和機械耗損的成本，甚至引進人工智慧的概念……然而，經過分析，我們發現——除了人工智慧開發未臻完美，機器人本身的結構也有所侷限等因素以外……目前爲止，仍然唯有透過配合頂尖人類的操作，才得以有效率地進行更準確更**細緻的殺戮**。」

更準確更細緻的殺戮——

那些最頂尖的玩家，在自己無從察覺的時刻裡，被這些惡魔拉攏爲同類，扭曲成最嗜血的殺人狂。

「更美妙的是，他們不需要休息。」史丹利．莫茲提茲拉說到興頭上，一掃先前煩躁，突然響亮拍了一下手，手掌都拍紅了。他邊笑邊說，笑得合不攏嘴：「而且經過層層篩選——還是應該說『積極的自主訓練』？一連線上場，個個可以獨當一面。」

因爲時區不同的緣故，永遠都有「玩家」醒著。「玩家」可以採取接力的方式二十四小時不間斷參與「遊戲」——在這裡，玩家不再擁有個體概念，而是一個共享的身份。

「所以你們利用和亞爾沃達斯合作的Home Wrecker，建立免費的傭兵……」楊可珞用那雙掩藏在平光鏡片後的眼睛打量著英美兩國軍事強人。

「免費？告訴你們，天底下沒有眞正免費的事……不是有句老話這麼說，免費的最貴嗎？年輕人聽過？反正，總而言之，免費？怎麼可能，哼——那些傢伙是做生意的，撈的油水可多了，簡直把政府當作提款機。」史丹利．莫茲提茲拉獰笑著絮絮叨叨說道，一副過河拆橋的態度。

他接連吐出的話語、持續咧開的笑容，在在都讓人不寒而慄——像是只有這個話題能讓他由衷感到愉悅、興奮。

「不諱言，在研發方面，我們確實提供了不少資源。」喬治．多魯亞圖語帶保留說明道。但明眼人都曉得，無法提供技術的軍方，能提供的，就是金錢了。

「你們這些人都瘋了——瘋了！」

世界瘋了。

這一點，杰瑞德很早很早就知道了。只是世界總會持續發生一些事來提醒自己。

究竟是誰被區分了出去，嚴拓無法妄下判斷，他只能牢牢把握自己能理解的部分——他定睛看著史丹利．莫茲提茲拉，緩緩說道：「現在，回到剛剛的話題，也就是第二起命案，李璇的墜落之死。你還記得我剛剛提及的『設想』嗎……你知道爲什麼李璇最後拒絕你，選擇維爾高莫安嗎？」說到「設想」一詞時，嚴拓稍稍加重語氣。但史丹利．莫茲提茲拉壓根兒聽不出他在諷刺自己。

「是我拒絕她。」

杰瑞德大聲「哈」了一聲，毫不掩飾自己的嗤之以鼻。

「因爲床頂。」嚴拓說道。不等對方追問，進一步解釋道：「你的床沒有床頂。她擔心房間從無重力狀態恢復正常、所有東西墜落下來的時候，會不小心砸傷自己以外的人——她沒有想過傷害除了自己以外的任何人。」

口口聲聲誣衊李璇是妓女的史丹利．莫茲提茲拉頓時啞口無言。

喬治．多魯亞圖接聲說道：「我爲國家做過的事，自然不會否認。但是沒做過的事，也不會白捱悶棍。炸彈恐嚇確實是我寄的，不過，熱氣球炸彈卻不是我安排好的。我只是想阻止滿月嘉年華舉行——這次之所以出席，也是擔心無視於炸彈恐嚇照常舉行的滿月嘉年華會不會發生什麼意外。」

「結果還眞的發生爆炸事件。」杰瑞德補上一槍後重重塞回座位。

「我知道不是你安排的——關於這一點，我有自己的解讀。」

伴隨沉穩話聲，紀子等人一時間注意力又全往嚴拓集中。憋不住、率先發難的依舊是寇迪安比：「你連這一點都解出來了？」

「羅菲朗．亞爾沃達斯。」

就在嚴拓喊出這個名字的瞬間，飛彈似的，羅菲朗．亞爾沃達斯猛然衝上前來，將嚴拓撲倒在地，整個人壓在他身上，使勁抓住他的領口像是想掐死他——

「都是你、都是你——還有你！」羅菲朗揚起臉衝著中島介怒吼。「要不是那天出了意外、該死的太陽風——這一切、這一切都不會發生！我的人生不應該變成這樣子的！都是你、都是你……」

「你在做什麼！」杰瑞德見狀立刻拔腿——但有人動作比他更快，一道身影橫切竄入直接將羅菲朗結結實實撞飛，隨之將他壓制在地。

是寇迪安比。

方才被羅菲朗壓在地上幾乎快喘不過氣來的嚴拓躺了好一陣才緩過情緒，慢慢站起身來，垂眼俯視著羅菲朗，輕聲說道：「與其把過錯歸咎於天意，我寧願相信是你們製造的悲傷，超過了『悲傷』這個詞彙所能乘載的臨界值。」

「我只是想用最有效率的方式結束戰爭。如果我們無法阻止戰爭的發生。」

效率——果然是念經濟的。

「你雖然這麼說，但還是從當中得到了利益。」

「沒辦法，說到底，我總歸是個商人。」

嚴拓望向杰瑞德，唇角勾出淡淡的笑意。「你之前說對了。羅菲朗・亞爾沃達斯他——確實嫉妒我。他利用了那封炸彈恐嚇。那顆炸彈之所以在那個時間點爆炸，是因爲他原本想用『捨身救我』這件事塑造自己的英雄形象，只是沒想到……」

「只是沒想到他連演都演不出來。到了危急時刻，他最愛的還是自己。」

「把他帶走吧。」紀子說道。腳踝輕輕一擰轉身走到喬治・多魯亞圖和史丹利・莫茲提茲拉面前，眼神不帶絲毫情感：「也麻煩兩位跟我們走一趟。」

「請稍等一下。」這是嚴拓第一次聽到歐瑞妲的聲音。比想像中厚實溫醇，宛如透著紅寶石色彩的葡萄酒。穿著一襲乳白色好似水銀般流動後背鏤空長禮服的她，踩著穩健的步子不疾不徐朝羅菲朗・亞爾沃達斯走去。

啪——

聲響銳利到能劃破空氣。她扎扎實實給了他一巴掌。一句話也沒說，像隻優雅的羚羊，一個俐落扭身走回馮昂．亞爾沃達斯身邊。儘管年事已高，總是給人一股近似骨董般從容悠久氣質的馮昂．亞爾沃達斯，如今看起來更顯得屹立不搖了。

插曲過後，史丹利．莫茲提茲拉咧口嗤笑，從鼻孔噴出陣陣熱氣：「我法律不好，不過我沒搞錯的話，你們國際刑警局管不到我們這邊來——放炸彈是他的事，跟我一點干係也沒有。」

話一撂下，益發歇斯底里的史丹利．莫茲提茲拉旋即甩頭往緊閉著的大門跨出步伐。

喬治．多魯亞圖定定看了嚴拓一眼，也跟著離開。

一切都落幕了。

漫漫長夜也終要迎來白晝。

「後面還有一連串硬仗——得慢慢打。」望著逐漸遠去的兩個老軍人，杰瑞德往嚴拓背部拍了一下，聲音意外響亮，像是想藉此把自己高亢的語調灌輸進去的。

「透過會場的直播，全世界有成千上萬人跟著我們看見了真相。」嚴拓眼神發亮。

「但是人家的靠山是政府、是國家啊。」杰瑞德抖一下肩膀見怪不怪應道。

「再多人也贏不了國家嗎？」楊可珞低垂視線呢喃著。

再多人也贏不了國家——可是國家明明是由人民所組成的。

嚴拓腦海中盤桓著這矛盾的概念。

馮昂．亞爾沃達斯和歐瑞妲．約奧辛汀也手挽著手離開了。

角色逐一退場。

「爲什麼選擇我?」這是嚴拓唯二想不通的地方。他的目光投放進中島介的眼底。

中島介按住大腿站起身，從另一端遙望著嚴拓：「客觀來說，人造電子仿生組織的環境較適於飛米晶片的植入。至於主觀情感方面——我們眞的非常喜歡『小小小雪人』。」

嚴拓總覺得中島介說著說著最後笑了。

「我還有最後一個問題——你曾經想挽救她們嗎?」

「你知道爲什麼……爲什麼溫絲體內驗出的多核皮質素沒有想像中那麼高嗎?不光是身體代謝的原因，而是因爲打從一開始——我給她的劑量就不夠。」中島介沉吟著，那抹清淺的笑容摻入了些許苦澀。「我想，如果溫絲失敗，李璇的計畫也會取消吧……那麼所有人就能繼續被蒙在鼓裡，過著幸福快樂的日子。」

她的恐懼，來自於愧疚——愧疚有多巨大，死意就有多堅決。

「幸福快樂的日子不是說有就有的，更何況，根據典故，『蒙在鼓裡』最終是不會有好下場的。」儘管知道並非靠三言兩語就能讓中島介釋懷，杰瑞德依舊笑道。從前在台灣，他每晚睡前總要聽成語故事。

「我該走了。警察也在等我。」中島介朝嚴拓等人鞠躬。

又一個人走了。

目送著愈走愈遠的中島介，杰瑞德搭上嚴拓的肩膀，臉湊過去：「古爾欽博士也眞是的，消除重力的設備——要是眞的發明了這麼好用的東西，應該趕快拿去申請專利權才對啊!」

「我倒是能理解她的想法。就算未來這個設備必然會被其他人發明出來，但至少現在，她不想再讓自己的研究被利用了。」

那個可能會為世界帶來重大改變的發明，跟著李璇的生命，一起摔毀了。不過，和李璇不同，那個發明遲早有一天會被其他人創造出來。而死掉的人，卻再也回不來了。

「走吧！我們去喝一杯！然後去兜兜風——找那個像機器人一樣的司機載我們好了！明天就要走了，來這邊都還沒時間繞繞呢！」杰瑞德說著往嚴拓的屁股一拍，將他往前一推。

走在眾人最前頭的史丹利・莫茲提茲拉一把推開大門。

大門打開那瞬間，萬頭攢動黑壓壓一片，難以計數的媒體記者蜂擁而上——搶在最前頭的是艾瑟潘。

「莫茲提茲拉部長、多魯亞圖部長——想請兩位針對與亞爾沃達斯集團共謀利用Home Wrecker遊戲進行軍事擴張用途一事做些回應……另外聽說白宮和唐寧街10號方面已經出面發表聲明，聲稱此一決策是國防部和民間公司……總統和首相並不了解詳細計畫內容……針對該聲明想請問你們有什麼看法？」

尾聲

「好奇怪。」

「哪裡奇怪？」嚴拓問身旁的杰瑞德。

「月亮啊，好像沒那麼大、那麼亮了。」

「這還是我來這座島以後，第一次親眼看到月亮。」坐在嚴拓另一側的楊可珞說道。

「我覺得這個地方其實一直想告訴我答案，一直在用各種方式暗示我：所見並不一定為眞。」

「怎麼說？」

「你還記得你拍的那張照片嗎？」

「我拍太多張了。」

「飯店迎賓大道遭到汽車攻擊那張。」

「那張照片啊——怎麼了？」

「拍攝時間是今天凌晨，也就是李璇出事前不久。但是在前一天，也就是古爾欽博士出事那天，那天下午我才剛去大廳看過，那時候，迎賓大道完好無缺。」

「怎麼可能？你看錯了吧？」

「沒有看錯。這和明信片的道理一樣。」

「明信片？紀念品店賣的？」這回輪到楊可珞問道。

「對。莫里特安海岸原本被列為自然遺產，但因為前幾年興建公路的緣故，破壞了景觀反而被提議除名——明信片上卻看不到那條公路。」

「明信片修改是很正常的。要吸引這麼多人購買，當然得呈現最完美的一面。」

嚴拓淡淡苦笑後接著說道：「還有怎麼看也看不到的抗議民眾。在飯店時，我一直想從落地窗看一看他們，看一眼也好，可是無論走到哪裡都看不到——還有，熱氣球，我每天能看到熱氣球，看到熱氣球上的人向這邊揮手。可是我問過紀子，一查到第一晚的炸彈是以熱氣球運送，已經立刻讓他們暫停營業。」

「我不懂你的意思……」杰瑞德舉雙手投降。

「那座塔騙了我。那些玻璃不是純粹的玻璃，而是運用了透明液晶的概念。」

「訊息經過篩選——」

「我們『看到』的事物經過美化，變成了我們『想看到』的事物。」

「不走出來，怎麼知道原來月亮和自己想像中一樣，並沒有比較美。」嚴拓細聲呢喃著。

「不過，不管怎樣，活動總算結束了——」杰瑞德說著，拔下手指上那枚所羅門王之戒。明明不會痛，他還是扭曲著臉，露出痛苦的表情。「Damn it。」

「不曉得發明這東西的人未來會不會後悔?」楊可珞也跟著摘下戒指。「畢竟，所謂的理解，不就是努力去聽懂別人的話嗎?」

努力去聽懂別人的話。

「對了，有一件事我一直想不明白——」

「婆婆媽媽的——有問題就快問啦!少裝神弄鬼!」楊可珞手繞過嚴拓背後推了一下杰瑞德。

「爲什麼在破不完關卡的遊戲最後，要放上那顆滿月?」

嚴拓有立刻回答，像弔兩人胃口似的默默望向遠方。

海面上的月亮看起來十分樸素，周圍綴著一點一點的星星。

以和平正義之名行殺戮之實，就像是為了虛假的滿月發狂。

【後記】眞實之聲

接在這樣的結局後面，總覺得說什麼都太多餘。
想把之後的片刻空白，統統留給讀者，所以長話短說。
《虛假滿月》是《神的載體》的系列作續集。雖然是續集，但單獨閱讀完全沒有問題。只是，若先閱讀過前作，在進入本作的故事時，或許可以獲得更多情感上的連結。
此一系列，時空背景設定在「近未來」的世界。之所以傾向近未來而非更天馬行空的環境，可能和個性有關：對於過於遙遠的未來，想像起來令人陌生。因爲陌生，便難以投射情緒。
至於會不會有第三集呢？坦白說，我不清楚，很多時候這是由讀者決定的——能肯定的是，關於這個世界，自己確實還有些話想說。
最後，謝謝願意看到這一行字，聽我說話的你們。
對我來說，這就是最眞實的回應。

要推理51　PG2038

要有光 FIAT LUX　**虛假滿月**

作　　者	游善鈞
責任編輯	喬齊安
圖文排版	詹羽彤
封面設計	楊廣榕

出版策劃	要有光
發 行 人	宋政坤
法律顧問	毛國樑　律師
印製發行	秀威資訊科技股份有限公司 114台北市內湖區瑞光路76巷65號1樓 電話：+886-2-2796-3638　傳真：+886-2-2796-1377 http://www.showwe.com.tw
劃撥帳號	19563868　戶名：秀威資訊科技股份有限公司 讀者服務信箱：service@showwe.com.tw
展售門市	國家書店（松江門市） 104台北市中山區松江路209號1樓 電話：+886-2-2518-0207　傳真：+886-2-2518-0778
網路訂購	秀威網路書店：https://store.showwe.tw 國家網路書店：https://www.govbooks.com.tw
總 經 銷	聯合發行股份有限公司 231新北市新店區寶橋路235巷6弄6號4F 電話：+886-2-2917-8022　傳真：+886-2-2915-6275

出版日期	2018年4月　BOD一版
定　　價	270元

版權所有・翻印必究（本書如有缺頁、破損或裝訂錯誤，請寄回更換）
Copyright © 2018 by Showwe Information Co., Ltd.
All Rights Reserved

Printed in Taiwan

國家圖書館出版品預行編目

虛假滿月 / 游善鈞著. -- 一版. -- 臺北市：要有光, 2018.04

面；　公分. -- (要推理 ; 51)

BOD版

ISBN 978-986-96013-8-2(平裝)

857.81　　　　107003222

讀者回函卡

感謝您購買本書，為提升服務品質，請填妥以下資料，將讀者回函卡直接寄回或傳真本公司，收到您的寶貴意見後，我們會收藏記錄及檢討，謝謝！

如您需要了解本公司最新出版書目、購書優惠或企劃活動，歡迎您上網查詢或下載相關資料：http:// www.showwe.com.tw

您購買的書名：＿＿＿＿＿＿＿＿＿＿＿＿＿＿＿＿＿＿＿＿

出生日期：＿＿＿＿年＿＿＿＿月＿＿＿＿日

學歷：□高中（含）以下　□大專　□研究所（含）以上

職業：□製造業　□金融業　□資訊業　□軍警　□傳播業　□自由業

□服務業　□公務員　□教職　□學生　□家管　□其它＿＿＿

購書地點：□網路書店　□實體書店　□書展　□郵購　□贈閱　□其他

您從何得知本書的消息？

□網路書店　□實體書店　□網路搜尋　□電子報　□書訊　□雜誌

□傳播媒體　□親友推薦　□網站推薦　□部落格　□其他＿＿＿＿＿

您對本書的評價：（請填代號　1.非常滿意　2.滿意　3.尚可　4.再改進）

封面設計＿＿　版面編排＿＿　內容＿＿　文／譯筆＿＿　價格＿＿

讀完書後您覺得：

□很有收穫　□有收穫　□收穫不多　□沒收穫

對我們的建議：＿＿＿＿＿＿＿＿＿＿＿＿＿＿＿＿＿＿＿＿

＿＿＿＿＿＿＿＿＿＿＿＿＿＿＿＿＿＿＿＿＿＿＿＿＿＿

＿＿＿＿＿＿＿＿＿＿＿＿＿＿＿＿＿＿＿＿＿＿＿＿＿＿

＿＿＿＿＿＿＿＿＿＿＿＿＿＿＿＿＿＿＿＿＿＿＿＿＿＿

請貼
郵票

11466
台北市內湖區瑞光路 76 巷 65 號 1 樓
秀威資訊科技股份有限公司 收
BOD 數位出版事業部

....

（請沿線對折寄回，謝謝！）

姓　　名：＿＿＿＿＿＿＿＿ 年齡：＿＿＿＿ 性別：□女　□男

郵遞區號：□□□□□

地　　址：＿＿＿＿＿＿＿＿＿＿＿＿＿＿＿＿＿＿

聯絡電話：(日) ＿＿＿＿＿＿＿＿ (夜) ＿＿＿＿＿＿＿＿

E-mail：＿＿＿＿＿＿＿＿＿＿＿＿＿＿＿＿＿＿